U0058492

卡嘟里

野人傳奇

小頭目優瑪 5

文 張友漁　圖 達姆

親子天下

目錄

作者自序（十週年紀念版）

小頭目優瑪是這樣誕生的

張友漁

那是很久很久很久以前的事了，大約是一九九六年夏天的某一天。

我記得是在《老蕃王與小頭目》這本書出版之後，我到屏東三地門旅行，參觀了文化園區的雕刻展覽，有一個大型的立體勇士木雕吸引了我的注意，雕刻的手法粗獷豪邁，勇士雙手彎曲平舉在身體兩側，粗壯的兩腿也彎曲著，露出了代表族群繁衍的生殖器。那名勇士的臉看起來不像勇士，比較像是一個稚氣未脫的調皮孩童。

當時我心想，這木雕在三更半夜大家都睡著的時候，會跑出去玩吧？這就是【小頭目優瑪】系列中最早跳出來的角色，一個會在半夜出來玩耍，有生命靈氣的木頭人。

接下來冒出來的角色，是陶壺。我在三地門一家藝品店看到了一個大陶壺，上頭有四條百步蛇分成兩組，盤據在陶壺的兩側，十分有意思。我盯著陶壺上的蛇看了很久，腦袋裡冒出很多想像：

有一天，這兩條蛇終於逃走了，在陶壺上流下了兩滴眼淚！蛇為什麼逃走？又為什麼哭泣？

於是我有了《蛇從陶壺上逃走了》這個故事。醞釀了一、兩年，寫了近四萬字的小說，故事大意是說，百步蛇從一個很有象徵意義的古老陶壺上逃走了，隱喻部落文化受到漢人文化的影響，正一點一滴流失。寫作的過程中，心情很沉重，一點也不開心，因為牽涉到文化傳承與保留的問題，很重的東西壓在肩膀上，當然就不輕鬆了。

結果，這個沉重的故事就被擱置在抽屜裡。

作家的腦子裡通常不會只存放一個故事，而是有很多小故事在那兒等著長大。當作家去旅行、逛街或是去爬山的時候，腦子裡的故事就會跑到窗邊透透氣，翹首期盼作家帶禮物回來給自己。作家觀察生活、觀察人、觀察樹林，這些觀察來的東西經過想像和聯想，變成一種意念，它們會自己去尋找腦海裡的故事，進行配對，擦出火花，燃燒成某個炙熱的故事，靈感就是這樣來的。

有一次，我在逛街的時候，看見有人在賣比拳頭再大一些的小陶壺，很高興的買了兩個回家，擺在書桌前，每天看著那兩個陶壺胡思亂想：

不管這兩條蛇願不願意，牠們被安置在陶壺上數百年，煩不煩哪！一睜開眼就看見同一條蛇，該說的話早在四百年前都說完了，未來的日子該怎麼過下去呢？

如果這兩條蛇相看兩相厭，每天吵架，會吵些什麼呢？蛇又是怎麼吵架的呢？

陶壺就擺在書桌上，隨時都看得見，

▲這兩條相看兩厭的蛇，吵起架來，那可真是驚天動地了。

都會有新的想法。後來，我把《蛇從陶壺上逃走了》拿出來修改時，發現自己完全無法進入狀況，老天大概要告訴我，這個故事這樣子寫下去不是一個好主意。也許方向錯了，所以才會在創作的過程中卡住，感受不到半點快樂。於是我很痛苦的把寫了四萬多字的《蛇從陶壺上逃走了》扔進垃圾桶，只留下「蛇從陶壺上逃走」這個點子。你不能心疼，不能覺得可惜，對作品沒有幫助的東西，就得捨棄，否則對不起森林裡的大樹。

很年輕也很愛美的時候，我曾經作過一個夢。我夢見一個笑起來很誇張的胖仙子，她說可以幫我實現一個願望。我很高興，許了一個希望自己可以長高，雙腿也可以變得又細又長的願望，胖仙子聽完我的願望後，一臉賊兮兮的一邊狂笑一邊消失：「我會實現你的願望的，哈哈哈……」第二天我以為我長高了腿也變細了，但是沒有，我的腿變得像大象腿那麼粗，我急著大喊：「不是說要實現我的願望嗎？」胖仙子的聲音從高空中傳來：「我實現你的願望啦！哈哈哈，是相反的實現，哈哈哈……」我又氣又急，想著自己怎麼這麼倒楣，遇見實現相反願望的仙子，這下該怎麼辦？還好，最後我醒過來了。我摸摸腿，呵呵，和原來的一樣耶！

所以呀，再強調一次我常常說的，要養成寫日記的習慣，要寫下好玩又好笑的夢。看吧！如果我沒有記錄這個夢，卡嘟里森林裡就不會有調皮的扁柏精靈了。

我平常很愛蒐集種子，書架上擺了各式各樣的種子。有一陣子我很喜歡把蒐集到的種子埋進陽台的花圃裡，然後看著種子頂開土壤冒出芽來，木瓜、百香果、柳丁、蘋果、葡萄、合歡……小小的嫩芽和小貓小狗這些小小的動物一樣可愛。我的小頭目故事需要一些比較特別的角色，於是，我把熱愛種子的自己放進故事裡，這個角色就是瓦歷。

就這樣，我新故事裡的主角慢慢增加了：小頭目優瑪、陶壺上常常吵架的蛇、檜木精靈和扁柏精靈。優瑪的朋友也一個一個的來報到：吉奧、瓦歷、多米，還有一個很重要的角色，優瑪的姨婆，以前奶奶也出現了。角色都到齊後，我展開了全新的寫作，放下文化傳承的重擔，只想寫有趣的故事。當寫作的過程是享受的，那讀者肯定也能在閱讀的過程裡感受到愉悅。

【小頭目優瑪】系列從點子冒出來一直到第一本《迷霧幻想湖》出版，竟然已跨過九個寒冬；而整套書寫完出版，則一共花了十三年的時間。

親愛的讀者，你發現了嗎？一本書的誕生其實是許許多多生活中的小經歷、小念頭、小點子，甚至是一個好笑的夢組合起來的，我們除了要耐心等待，還要養成隨時記錄生活的習慣，有趣的、憂傷的、憤怒的、難堪的、莫名其妙的……都可以轉換成創作的素材。這就是我常常說的「觀察」，觀察別人，也觀察自己。你看見自己在某些行為中的反應，停下來想一想自己為什麼會這樣做或這樣想，誠實面對自己，寫下最真實的內在聲音，這會幫助你更了解自己，也更了解別人。

非常感謝親子天下重新出版這套書，讓我有機會將故事裡不太完美的地方，修改得更完美、更好看。

二〇一五年四月，十週年紀念版出版前夕

各界好評

他們這樣稱讚【小頭目優瑪五部曲】

中國時報開卷好書獎得獎理由：作者以原住民為靈感來源，創造富有民胞物與精神的卡嘟里部落，成熟的文字功力、緊湊的故事情節，讓人讀來欲罷不能。這是一本成功的中文奇幻小說，喜歡《哈利波特》的讀者可不能錯過！

——黃靜雯（苗栗市僑成國小教師）

好書大家讀入選圖書《小頭目優瑪1：迷霧幻想湖》推薦的話：最特別的是，主人翁是個女孩，展現純真本性，關心家人、朋友、部落以及森林裡的一切。此書不只是動人驚險的故事，更吸引我們的是對於不同文化的理解與感動！

——邢小萍（台北市立新生國小校長）

好書大家讀入選圖書《小頭目優瑪2：小女巫鬧翻天》推薦的話：以原住民為題材的兒童小說不多，難得本書是兒童會喜愛的奇幻小說，有創意和新鮮的題材；優美的文筆，帶領讀者進入無限想像的空間，書中人物的刻畫，栩栩如生。

——王錫璋（前國家圖書館參考組主任）

好書大家讀入選圖書《小頭目優瑪3：那是誰的尾巴？》推薦的話：原住民的文化尊重自然，不貪心，得以保有最純淨的土地及資源；人類的貪婪及私慾往往造成無法彌補的後果。優瑪運用智慧再次化解危機，結合多元文化、環境保護以及人文關懷議題，作者讓文字感動讀者，在抽絲剝繭、問題解決之後留下更深的反思與啟發。

——邢小萍（台北市立新生國小校長）

部落客媽媽口碑推薦

【小頭目優瑪】系列讓我深思許久，故事隱喻責任、愛心、環保，當孩子看完《哈利波特》時，我不確定他們心中留下什麼，看完這系列後，我確實感受到敬虔與責任，推薦給喜歡奇幻冒險故事的大孩子。

——魔女咪咪喵

人物小傳

優瑪

十一歲，卡嘟里部落頭目沙書優的獨生女。頭髮長而凌亂，常常胡亂綁一束馬尾，幾絡頭髮不安分的拂在臉上。除了雕刻，對待其他的事都很沒勁。母親早逝，和父親以及姨婆一起住。三歲時，優瑪對父親的雕刻刀感興趣，於是開始學習雕刻。四歲的時候，優瑪已經可以在木頭上刻出一隻豬的圖形；五歲的時候，她已經可以模仿父親雕刻的「出獵圖」。六歲的時候，用立體雕刻創造出和她當時一般高的小勇士，取名為「胖酷伊」。

胖酷伊

胖酷伊是優瑪六歲時完成的雕刻作品，長相幼稚卻可愛討喜。但是，胖酷伊並不滿意他的長相，他的嘴太大，四肢手腳粗細不一，讓他覺得很煩惱。平常沒事的時候，就喜歡拿優瑪的雕刻刀，修飾自己過粗的手臂，常常惹得優瑪對他大叫：「請你尊重我的藝術創意。」

胖酷伊勇敢、正直又有正義感，是個神射手，也是全世

界最會抓飛鼠和山豬的小勇士。但是，他除了會抓飛鼠和山豬之外，其他就連一隻蝴蝶也抓不到。因為優瑪許願的時候，只給了他這三樣本事。

以前奶奶

七十歲，優瑪的姨婆，沒有結婚，孤零零的一個人。優瑪還沒出生，優瑪的母親就把以前奶奶接到家裡居住。以前奶奶是一個活在以前的人，她常常說以前以前怎麼了，以前的地瓜比較好吃；以前的山比較漂亮；以前的溪流比較乾淨；甚至以前的冬天都比現在冷。以前奶奶發呆的時候，其實是在想事情，她的腦子裡裝了幾千幾百件關於以前的事，她一件一件的想，一樁一樁的回味，想得出神了，嘴角就會開出一朵香甜的微笑花。

沙書優

三十五歲，優瑪的父親。卡嘟里部落頭目，也是優秀的雕刻家、出色的獵人。堅持帶領族人維持卡嘟里部落的傳統生活。個性沉穩，充滿智慧，妻子病逝後，為了優瑪決定不再娶妻，一心培養優瑪成為一個優秀的頭目。有一次入山打獵，在卡嘟里山區失蹤。

多米

十一歲，優瑪的好友。性格優柔寡斷，拿不定主意，也下不了結論，永遠在下了決定之後立即反悔，覺得剛剛那個想法才是最好的。從小的願望一個換過一個，從來沒有一個重複過。永遠不清楚自己長大後到底要做什麼。

吉奧

十二歲，優瑪的好友。小平頭修剪得乾乾淨淨，有一對圓亮的雙眼，加上簡潔有力的語調，讓他看起來充滿自信。他個性聰明但古板，和優瑪凡事不在乎的個性成反比，要求凡事都得按規定行事，一絲不苟。優瑪是他唯一的偶像，他喜歡優瑪，凡事以優瑪為主。

瓦歷

十一歲，獵人阿通的兒子。和吉奧、多米、優瑪是好朋友。清瘦，臉呈現倒三角形，眼睛細小，說話時，尖尖的下巴老是往上仰。喜歡蒐集種子，衣服褲子上幾乎全都是口袋，用來裝更多的種子。只對和種子有關的事物感興趣。喜歡把種子埋進土裡，看看會長出什麼，因此他蒐集了一千多種稀奇古怪的種子。

帕克里

五十歲，部落長老，藤蔓的父親。沉穩內斂，不多話，但一開口說話，就充滿了權威。堅持按照傳統讓優瑪繼任頭目，幫助優瑪處理部落大小事件。

卡里卡里樹

卡嘟里部落祖先達卡倫四百年前來到卡嘟里山，剛好就是卡里卡里樹開花的季節。達卡倫為了尋找這奇異的香氣，來到部落現在這個位置，這才發現卡嘟里山區是世界上最美麗的地方。部落族人守護卡里卡里樹就像守護祖先的靈魂一樣，因為它引領他們來到這裡安居了四百年。每當秋天的時候，所有的植物都進入枯黃休眠期，卡里卡里樹卻和所有的植物反其道而行，開始冒出粉紅色的花苞，還沒盛開，就已經散發出淡雅清甜的香氣，花苞盛開時節，香氣讓每個人內心充滿了喜悅，感覺到幸福。

檜木精靈、扁柏精靈

樹形小矮人。三千年以上的樹木，才會長成一個樹精靈。森林裡超過三千年的樹木，一共有十一棵，因此有四個檜木精靈、七個扁柏精靈。他們並不住在自己的樹上，而是在森林裡四處遊玩。檜木和扁柏的葉子都屬於鱗片狀，得仔細端詳才能分辨出來。在森林裡遇見檜木精靈，可以向檜木精靈許一個願望，檜木精靈一定會達成你的願望。但是，如果你誤把扁柏精靈當成檜木精靈許願，調皮的扁柏精靈則會讓你所許下的願望以完全相反的方式實現。

夏雨

二十七歲，駐紮在森林裡從事動物研究及保育的年輕研究員。因為經費及人手嚴重不足，研究室只有他一個人。他要做的事真是太多了：必須到山上放置紅外線照相機，以便拍攝記錄動物的活動；還要蒐集各種動物的糞便，研究森林的食物鏈，以及跟蹤動物研究牠們的行為。雖然工作那麼多，但是夏雨從不喊累，因為他喜歡這份工作，喜歡做動物的朋友，願意終身為動物服務。

阿通

三十三歲，是瓦歷的父親，個性率直，有話就說，熟知森林裡所有鳥類的生態以及築巢習性。以捕捉及販賣鳥類為生，是動物保育者夏雨的頭號敵人。

掐拉蘇

六十歲，部落僅存的女巫師。責任心重，每天都在憂心沒有人要學巫術，找不到傳人，讓她無顏面對祖先。

翹尾巴小水怪

迷霧幻想湖又稱迷霧鬼湖，湖深，水草得不到充分的日照所以無法生長，湖裡沒有水草製造氧氣，連魚兒也無法生存，所以湖裡一條魚都沒有，卻住著一群需氧量極少、名叫翹尾巴的小水怪，所有的海洋圖鑑裡都沒有介紹這種怪物，所以當地人都叫牠們「翹尾巴小水怪」。

彩姑姑

外表年齡三十歲，嗓門大，喜歡捉弄人，不喜歡小孩，是迷霧幻想湖的新住客，自稱色彩藝術家。她將迷霧幻想湖改名為迷霧七彩湖，湖裡住著無時無刻都想逃走的彩色小不點。

野人

傳說他力氣很大，速度敏捷，終年在高聳入雲的竹林間穿梭，飛天遁地無所不能，被烏達卡拉部落的人視為守護英雄。身穿咖啡色簑衣、長長的頭髮和鬍子糾結在一起，只露出眼睛，他的裝扮和個頭看起來像頭兇猛的野獸，讓人不寒而慄。

前集提要

卡嘟里部落頭目沙書優失蹤後，他的獨生女優瑪成為部落有史以來年紀最小的頭目。迷糊的優瑪才剛上任，就遇到了各種前所未見的驚人事件。每一次的危難，優瑪都在好友及部落長老們的協助下，順利帶領部落脫險，成為名副其實的卡嘟里部落頭目。

大尾巴怪獸事件之後，卡嘟里森林又發生怪事。先是部落連續三天被濃霧包圍，接著四周又長滿怪怪古卡樹，爆開的種子不斷攻擊附近的人和房子，連檜木也開始在部落裡走動……這一切只有覺醒的胖酷伊檜木精靈知道這是許願精靈催促他回家的手段。陷入兩難的胖酷伊為了拯救部落，決定向優瑪坦白一切。胖酷伊回到了精靈之家，只留下胖酷伊木雕陪伴傷心欲絕的優瑪……

部落長老帕克里在險惡的熊森林裡遇見一個野人。他不顧危險盡全力追蹤那個野人，因為那雙眼睛看起來……

1 以前的故事

半個多月沒下雨了，昨夜天空悄悄的降了一場細雨，細小的雨滴以為沒有人發現它，其實已在布滿塵埃的葉片上留下了線索。一早起床下田工作的卡嘟里族人看見葉片上的足印，會意的笑了起來，那笑容中透露著一種了然，彷彿在說：「嘿，雨，我知道你昨天晚上來過了。」

卡嘟里部落空氣中飄蕩著秋天特有的香氣。卡里卡里樹經過整個夏季的休養生息，枯白的樹枝恢復了生氣，長滿了淡綠色的嫩葉，以及小小的粉紅色花苞。其他的樹種則從從容容的進入休眠期，養足精神等待春天的來臨。

優瑪家屋後的楓葉已經紅透了，紅豔豔的映襯著丈青色的石板屋頂。

以前奶奶拿著竹掃帚「刷刷刷」的掃著庭院的落葉。

優瑪在雕刻室裡，雕刻著一幅大型的浮雕。浮雕上記錄了不久前部落發生的大尾巴怪獸入侵事件。浮雕作品已經接近完成，優瑪此刻正進行最後的修飾。

優瑪的背後林立著各式各樣的作品，有小女巫巫佳佳、企圖用卡里卡里樹花提煉香水的商人、迷霧幻想湖的迷霧堡主……每一件雕刻作品都安靜的訴說著部落的故事。

胖酷伊木雕站立在優瑪身旁，咧著大嘴傻笑著。

優瑪看了一眼胖酷伊木雕，問它：「你覺得怎麼樣？不錯吧！我第一次完成這麼大件的作品。等沙書優回來，他只要看這些作品，就知道部落曾經發生什麼事了。」

胖酷伊木雕依然咧著大嘴傻笑著。

「你不回答，通常是表示贊同。」優瑪將視線重新拉回浮雕上：「我也覺得很棒。」

優瑪的眼神刻意避開胖酷伊木雕，盯著眼前的浮雕說話：「我還是很想念你，有時候真的很想再叫叫你的名字，胖酷伊，胖酷伊，胖酷伊。雖然失去你是這樣的痛苦，但是，如果時光倒流，我還是願意重新經歷這一切，因為就算時光倒流，你還是會離開的。」

優瑪偷偷的瞄了一眼胖酷伊木雕，木雕動也不動的杵在原地。優瑪傻笑了一下，她有時候會幻想，胖酷伊會趁她不注意的時候偷偷眨眼睛。

優瑪覺得肚子餓了，放下雕刻刀進入廚房，發現以前奶奶忘記做早餐。她趕緊煮了小米粥，還煎了番薯餅。弄妥早餐，她站在廚房門口喊著：「婆婆，吃早餐囉！」

以前奶奶沒聽見，依然「刷刷刷」的掃著落葉，優瑪提高音量再喊了一聲，這下以前奶奶聽見了，她朝優瑪揮揮手後，將落葉掃進竹畚斗裡，完成了清掃的工作，這才緩緩的走進廚房。

兩人安靜的吃著早餐。

兩隻小雞蹦蹦跳跳的進了廚房。

「哪來的小雞？」以前奶奶問。

「不是你帶回來養的嗎？」優瑪反問。

「有嗎？我不記得了。」以前奶奶皺起眉頭，努力回想什麼自己時候帶了兩隻小雞回來。

「你從烏娜家帶回來的呀！」

「噢！是嗎？」以前奶奶完全不記得了。

優瑪看著以前奶奶，懷疑她的記憶力是否又差了一些。

「姨婆，說個故事來聽聽好不好？關於以前的故事。」

「以前的故事啊！」

「是啊，你好久沒說了。」

以前奶奶低頭喝著小米粥，一邊喝一邊思考，直到喝光整碗粥，才抬起頭來，用力的吸一口氣，卡里卡里花香讓她陶醉不已。

「真好，是秋天的氣味，那我就說一個以前以前發生在秋天的故事給你聽吧。」

以前奶奶的眼神變得迷離，她微微的仰著頭，好像天邊有一個大螢幕正在播放她腦中的影像，而她正是旁白。

以前以前哪，有一個叫做大山的勇士，他的力氣非常大，可以把卡嘟里山給舉起來。有一天，他突然覺得很無聊，決定改變一下卡嘟里部落的風景。他覺得大家每天起床，站在庭院，看同一棵樹，看同一幢房子的屋頂，和同一個鄰居說早安，所有的一切都一成不變，難道不覺得悶嗎？如果可以改變一下，一定很有趣。於是，大山趁著夜半三更，大家熟睡的時候，偷偷替部落進行大搬家。

結果第二天，大家醒來之後都嚇了一大跳。接著很多人都生氣了，他們和自己屋前的樹已經建立深厚的感情，現在居然離它這麼遠！有人習慣每天依照對面住家的煙囪冒出炊煙的時間來生火煮飯，現在對面除了一片森林什麼也沒有！有人的新鄰居家有一隻整天汪汪叫的狗，吵得人無法午睡。族人們吵成一團，頭目只好命令大山把每一戶住家搬回原來的位置。

大山很滿意自己的奇思妙想，沒想到卻得不到族人們的支持，他只好很憂鬱的每天將岩石山扛到右邊又扛回左邊，一直到他死前，他都沒找到滿意的位置擺放岩石山。

優瑪充滿興趣的聽完故事後，發表了她的評論：「岩石山現在的位置就是最完美的位置。大山完成了一件最棒的事。」

「我也這樣覺得。」

「姨婆，你喜歡每天早晨起床看見不同的風景嗎？」

「以前哪，我很喜歡的風景是屋前有一條溪，溪水嘩啦嘩啦的聲音真是美妙！」

以前奶奶終究沒有回答到底喜不喜歡每天睜開眼就看見不同的風景，優瑪則非常喜歡大山的點子，如果大山還在，讓她有一天和多米或吉奧或是瓦歷當鄰居，那一定很好玩。

聽了以前奶奶的故事之後，優瑪突然有個想法：這麼有意思的故事，只有自己聽到多可惜。頭目書房裡收藏了許多關於部落的點滴故事，不應該只有頭目可以欣賞，那是部落共有的財產，頭目只是負責保管，所有的族人都應該有權利分享。

優瑪暗自決定，在不違背頭目書房只有頭目可以進出的規定下，她想讓族人們都聽聽那些發生在以前以前的故事。

頭目書房規定只有頭目可以進出，最主要是保護這些珍貴的資產。如果每個人都可以隨意進出，日記被破壞的速度必然隨著被翻閱的次數而加速。正是因為這個限制，頭目書房裡的每一本日記至今都保存得完整無瑕。

優瑪挑選了一個陽光燦爛的日子，把族人們聚集到庭院。她手上拿著一本第九代頭目沙吉里寫的日記，這是她特別挑選過的，她打算讀其中兩則日記給族人們聽。

帕克里和他的妻子伊芬妮也來了。

族人們對今天的聚會感到好奇，這個小頭目有著像卡里溪那樣源源不絕的新點子，今天她又想做什麼呢？

優瑪高舉手上的頭目日記，語調高昂且充滿自信的說：「這本日記是卡嘟里部落第九代頭目沙吉里所寫的，日記裡記錄了當時的生活狀況。從這些生活日記可以了解卡嘟里部落的生活軌跡、祖先們的喜怒哀樂，以及生活態度。今天我要讀兩則沙吉里的日記給大家聽。」

庭院裡掀起一陣騷動，族人們臉上露出驚喜的表情，紛紛說：「真好，好多事我們都忘記了呀！」、「小頭目真不簡單，居然會想到讀日記給我們聽。」每個人臉上都出現孩童期待聽故事的喜悅神情。

「這個優瑪真的很不一樣。」帕克里笑著對伊芬妮說。

「是啊，達卡倫家族優秀的基因，在優瑪身上展露無遺。」伊芬妮點點頭，用讚許的目光看著優瑪。

優瑪打開日記，翻到她預先做了記號的那一頁。

今天天氣很晴朗，是一個適合練習彈弓的日子。雅里卡雅站在庭院，想試試他剛用櫸木樹枝做成的大彈弓。他撿來一顆拳頭般大的石頭，往前射去。他自信的以為，以他的力氣一定可以讓石頭飛得很遠，沒想到石頭卻落在豆豆里家，把他們家的屋頂砸了一個大洞。兩個人爭吵不休的來到我家門前，要我主持公道。最後的結論是，雅里卡雅得幫豆豆里修理屋頂，並將那副漂亮的彈弓送給豆豆里做為賠償。

族人豆豆東激動的跳了起來，大嚷大叫著：「這是我祖先的故事！是我祖先的故事！那把大彈弓現在還在我家，但是，我們從來不知道它的來歷，現在總算知道了！」

族人們熱切的討論這件發生在一百多年前的大彈弓事件。優瑪和帕克里交換了一個微笑，優瑪從帕克里的眼神中讀到了讚賞，帕克里則在優瑪的眼神中看見自信。

「你覺得優瑪會不會把那件事寫進日記裡？」瓦歷悄聲的問吉奧。

「哪件事？」吉奧不解的轉頭看著瓦歷。

「就是我用三顆核桃換來松鼠種子的事。」瓦歷紅著臉不好意思的說。

多米在一旁豎直耳朵聽到瓦歷的問話，她代替吉奧回答：「一定會。」

「那是小事一件，就算寫進日記裡也無傷大雅。」吉奧說。

「誰說無傷大雅？以後瓦歷的子子孫孫都會知道，瓦歷沒有經過松鼠的同意就拿走牠們的傳家寶。」多米誇張的說。

「你怎麼證明那是松鼠的傳家寶呢？」瓦歷漲紅了臉。

「我說是就是。」多米堅決的說。

「那幾顆紅色的種子已經長到膝蓋般高了，到時候我會把它們移種到那個松鼠洞旁邊，這樣牠們就有採不完的果子可以吃。」瓦歷說。

「那松鼠傳家寶事件更應該寫進日記裡。」多米說：「這件事給人的警惕就是做錯事要懂得彌補。在這件事情上瓦歷就彌補得很好。」

瓦歷狠狠的瞪了多米一眼。

「另一則日記很短，但是很美。」優瑪看看面前的族人，大家逐漸安靜下來，優瑪接著唸下去：

今天的卡嘟里森林出現有史以來最美麗的彩虹，三圈圓形的繽紛彩虹高掛在森林上空，好像天空漾開了一圈圈的彩色漣漪。原來這美麗的景象是個預兆，而且是一個美麗的預兆。就在彩虹出現的三個小時後，安吉的妻子生了一對美麗的雙胞胎女兒，取名為烏娜和珍娜。

族人們安靜的想像著一百多年前祖先看過的景象，他們抬頭看看天空，嘴角露出微笑，彷彿真的看見了美麗的三圈彩虹。

安靜聆聽的烏娜則笑了，她的名字就是繼承自曾曾祖母。小時候聽母親說過這段故事，現在重新回憶，感覺就像品嘗封藏了一百多年的香醇美酒，酒香於脣齒之間久久不散。

「好啦，今天的日記讀到這裡，以後每個星期我都會讀日記給大家聽。」優瑪闔起日記。

族人們意猶未盡的站在庭院，激動的談論著祖父、曾祖父曾經說過的故事。他們相信，有一天，優瑪也會將屬於他們的家族故事讀出來。

族人們離開之後，以前奶奶拉起優瑪的手，臉上盡是感動：「以前的故事真好聽。優瑪，你做得真好，每個人都喜愛以前的故事，以前的歲月真是美好！」

「姨婆，只要你想聽，我隨時都可以讀給你聽。」優瑪認真的說。

「沒有什麼比以前的故事更動聽的了。」以前奶奶滿意極了。

優瑪把日記放回頭目書房後，拿出自己的日記本，她伏在桌上寫下今天的日記。

今天我做了一件以前頭目都沒有做過的事，我唸了第九代沙吉里頭目寫的頭目日記給族人們聽。他們聽了自己祖先以前發生的事，和祖先的距離不再感覺遙遠。

也許一百年以後，也會有一個頭目唸著我的日記給其他族人聽。這樣一想，我就覺得這件事真是做得太對了。

優瑪將日記闔上，擺回書架，走出頭目書房。

2 楓樹的記憶

秋天，是一個忙碌的季節。卡里卡里樹忙著開花；族人們忙著收割小米；優瑪這群十二歲的孩子，則忙著自我訓練，以便參加冬天舉行的成年禮。

在卡嘟里部落，年滿十二歲的孩子都要參加成年禮。他們必須離家十天，攀登卡嘟里山。抵達山頂後，在岩石上刻下自己的名字，告知祖靈他們已經通過考驗，接著在山頂舉行歌唱跳舞儀式，慶祝自己跨入人生的下一個階段。回程的時候，每個人得從森林裡帶回五樣禮物，並為這五樣禮物取個特別的名字。

優瑪、吉奧、瓦歷和多米在雕刻室裡討論這個重要的節日。

吉奧拿著雕刻刀，試著在一塊扁平的木頭上雕刻浮雕。

「我很期待這個成年禮，因為我已經想好要送我爸爸哪些東西了。」瓦歷興奮的說。

「除了種子還是種子吧。」多米揶揄他。

「才不是！」瓦歷揮手駁斥。

「我表姊成年禮時帶回來的東西，現在還放在客廳展示。那是家人的驕傲，所以，我們絕對不能隨隨便便的帶五樣東西回家。」吉奧說。

「你表姊帶了哪些東西回家？」多米說。

「她帶了樹的影子、同心核桃、溪流的腳印、松鼠的齒印以及楓樹的記憶。」吉奧說。

「什麼呀？猜謎嗎？」瓦歷撓著腦袋說。

「我知道！同心核桃很簡單，就是兩個雙生相連的核桃嘛！溪流的腳印是從溪流裡撿來，上面有水紋的石頭；松鼠的齒印肯定是吃剩一半的高山櫟。那楓樹的記憶是什麼呢？」多米表情認真的想著。

「沒錯，這三個都答對了。」吉奧說。

「樹的影子？誰能將影子帶走呢？」瓦歷喃喃自言自語的說：「是樹下的泥土嗎？」

「哈哈，答對了，樹下的土終年與影子為伍，日積月累，影子也就根深柢固的留在土裡了。」吉奧說。

「楓樹的記憶，當然就是還沒變紅的綠色楓葉，它慢慢褪去的綠色服裝就是它的記憶。」優瑪說。

「這些根本難不倒我們。我們一定能帶更特別的東西回來。」吉奧說。

「森林裡到處都是驚奇，只要你用心留意。」優瑪說：「沙書優說過，這五樣禮物代表我們對待大自然的態度，以及測試我們是否能滿心愉悅的享受大自然的賜予。」

帕克里和大樹、瓦拉出現在雕刻室門口，他們高大的身影將雕刻室的光線完全遮住。

「優瑪頭目。」瓦拉喚了一聲。

「你們怎麼啦？」優瑪笑著站起來，望著帕克里和瓦拉。他們神情疲憊，從衣著汙損的程度看來，彷彿已經在森林裡遊蕩了好幾天。

「我們剛從森林回來，順便過來問一下，關於成年禮是不是已經開始分組了？」帕克里說。

優瑪不好意思的抓一抓頭髮，傻笑著回答說：「我記得這件事，馬上會去做。」

帕克里微笑著說：「我和瓦拉還有夏先生已經把幾條路線給弄出來了，過兩天夏先生會把路線圖畫出來，到時候我們再討論。」

優瑪暗忖：「原來帕克里、瓦拉和夏雨已經上山確定了登山的路線，而我卻還懶洋洋的，連分組這麼簡單的事都沒做，真是太糟糕了！」

帕克里轉身離開的時候，隨口說了一句：「野人，我在熊森林裡看見的野人，他已經進入卡嘟里森林活動了。」那語氣就像告訴某人：「嘿，你肩膀上有一片樹葉」那般的輕描淡寫，彷彿刻意的不想引起任何人的注意。

「你們遇見他了嗎？在哪裡？」優瑪感到訝異。

「他站在岩石山天神的禮物平台上，看著部落，他站在那兒好久，完全沒發現我們就站在他的背後。」瓦拉說：「直到我故意咳了一聲，他才轉身看了我們一眼，接著用非常快的速度逃進森林裡。我們追了一陣子，但追丟了。他跑得像野鹿一樣快。」

「不用擔心，他看起來膽怯小心，沒有傷人的意圖。」帕克里說。

瓦拉卻不這麼認為，他說：「野人雖然沒有傷人的意圖，還是得把他找出來，一個陌生人在森林裡遊蕩，動機不明，令人擔心。成年禮馬上就要舉行了，我們可不希望有誰在森林裡被攻擊。」

「你是不是太過擔心啦！烏達卡拉部落可是把野人當成傳奇英雄看待呢！」多米說：「你該聽聽他們是怎麼唱的。」

多米唱起野人的歌謠：

滿山滿谷長著挺拔俊俏的竹子，
竹子竄入雲霄，攪拌天上的雲朵，
竹浪隨風舞動，唱著部落的歌。
不知何時，一個野人就像地裡的筍冒了出來，
他的鬍子和溪流一樣長，
他的臉像黑夜一樣黑，

他的眼睛望穿竹林望穿你的胸膛。
野人不畏寒冬不怕日曬，
終年穿著黑色斗篷，
黑色斗篷像老鷹的翅膀，
帶著野人瀟灑的穿梭竹林。
野人力氣大得可以舉起烏達卡拉山，
野人飛天遁地無所不能，
哪個外族人膽敢進入森林盜伐盜獵，
野人一腳將他踢到山谷深淵。
快樂的烏達卡拉、烏達卡拉、烏達卡拉，
有美麗的竹子和神祕的野人守護，
快樂的烏達卡拉、烏達卡拉、烏達卡拉。

幾個月前，帕克里為了探望遠嫁到烏達卡拉部落的妹妹，在熊森林裡迷路了。為了營救帕克里，優瑪和副頭目們第一次集體拜訪了烏達卡拉部落。

烏達卡拉部落和卡嘟里部落之間隔著卡達雅山。烏達卡拉森林盛產竹子，部落的住屋大多是用竹子搭建而成，部落裡的裝飾也都和竹子相關，包括鞋子也是用竹篾編成的。

烏達卡拉部落頭目達也吉贈送的竹編藝術品，此刻正掛在雕刻室的牆上。優瑪轉身看了看那些竹編藝術品。

「危機意識還是要有，沒有人知道野人何時會發狂傷人。」瓦拉說。

「野人肯定是被卡里卡里樹的花香引來的。」瓦歷說。

「如果在森林裡遇到了野人，要保持冷靜，只要不激怒他，應該就沒事。」帕克里說。

「也許野人來了之後，再也不會有外族獵人進來獵鳥、砍樹、狩獵，或者放一些奇怪的東西進入森林實驗。」優瑪樂觀的說：「因為野人會將他們扔出森林。」

「如果能弄清楚野人的來歷，我們會更放心的讓他待在森林裡。」瓦拉說完後，便和帕克里一起離開。

優瑪和副頭目們熱烈的討論起來。

「我們應該把野人找出來，然後讓他成為卡嘟里族人。」多米說。

「為什麼要這樣做？」瓦歷問。

「烏達卡拉族人不是說他力氣大得可以舉起烏達卡拉山嗎？那麼他一定可以像以前奶奶的以前故事裡那個叫大山的勇士一樣，把我們的房子搬到我們喜歡的地方。」多米聽優瑪說過這個故事後就一直很感興趣。

「那只是傳說。烏達卡拉部落誇大了野人的本事，一百年以後，野人的故事還會變得更加傳奇。」吉奧說。

「我怎麼覺得帕克里對野人這件事的態度異常冷淡。」優瑪說。

「有嗎？帕克里的直覺向來準確，他覺得野人沒有危險性，那麼野人就肯定像綿羊那樣的溫和。」多米說。

「帕克里很謹慎的，他沒有理由憑著兩次匆促的碰面就這樣斷言。」吉奧支持優瑪的言論：「他看起來好像故意忽略某些東西。」

「難不成他知道野人是誰，卻刻意隱瞞？」優瑪猜測。

「他為什麼要這樣做？」瓦歷說：「完全沒道理。」

「那個野人不會是藤蔓吧！」多米睜大眼睛說。

「怎麼可能？藤蔓好端端的幹麼變成野人回來呢？」吉奧說。

「也許他不想讓族人知道他的婚姻破裂。」多米說。

「愈說愈離譜。」優瑪揮了揮手，否定多米的猜測。

屋外傳來一陣喧譁。

優瑪四人走出雕刻室，看見一群登山裝扮的人正和帕克里、瓦拉還有幾個族人站在部落小徑上交談。

「卡嘟里森林真是漂亮啊！」

「我這輩子從來沒見過這麼美的原始森林。」

「現在的頭目是誰呢？還是沙書優吧？」一個瘦長臉型的中年男子問。

一群外族登山客，怎麼會知道我們頭目的名字？優瑪和副頭目們快步走出庭院，來到喧譁的人群中。

「你怎麼會知道我們的頭目是沙書優？」不等優瑪開口問，帕克里已經提出了他的疑惑。

「噢，以前來登山的時候，和你們的族人聊過。」中年男子解釋了一下，又急急追問：「頭目還是沙書優吧？」

「沙書優頭目失蹤一年了，現在的頭目是他的女兒優瑪。」瓦拉說。

族人們紛紛把目光集中到剛剛趕來的優瑪身上。

登山客循著族人們的目光，也將視線落在優瑪身上。

「現在的頭目是個孩子？」中年男子驚訝的說。

「你別看她是個孩子，她完完全全繼承了達卡倫家族優秀的才能和智慧。」帕克里說。

登山客好奇的打量著眼前這個十二歲的小女孩。

「我相信，她看起來，嗯，非常的機靈。」中年男子點點頭說。

本著卡嘟里部落好客的民族性格，優瑪請這群登山客進入客廳，讓他們品嘗以前奶奶釀的小米酒。

這群登山客似乎對卡嘟里森林的檜木霧林充滿了興趣，問了許多問題。優瑪和帕克里也熱心的回答。

對美麗風景心生嚮往的人，卡嘟里族人沒有拒絕的理由。

3 年輪上的神祕圖案

半夜，部落裡的狗此起彼落的狂吠起來，幾個族人醒來開門查看，卻什麼也沒發現。

第二天清晨，有族人發現部落小徑上留下了一列清晰的腳印。他們研判鞋印並不是卡嘟里族人的，比較像是烏達卡拉部落的竹鞋印。因此他們懷疑野人昨夜來過。他們認為野人在烏達卡拉森林住了一段時間，學會他們編織竹鞋的方法也是很有可能的事。

大家紛紛猜測野人進入部落的動機。也許野人在探路，又也許他想知道卡嘟里部落的狀況，以便評估自己在森林出入的安全性；也可能他缺少某一樣工具，想到部落借用，或者他只是很單純的路過。

幾番推測卻都沒有結論，族人們很快對這個話題失去興趣，散會後，也就忘記了野人疑似在某一天深夜曾經探訪過部落這件事。

吉奧吃過早餐，來到優瑪家，他決定要跟在優瑪身邊學習雕刻。優瑪拿了一塊裁切好的方形木塊給吉奧，要他先用鉛筆在木塊上構圖，從簡單的浮雕開始學起。

吉奧發著呆，久久無法動手。

優瑪坐在小凳子上推拉著鋸子，將從山上拖回來的枯木鋸成手臂長度，等會兒還得劈成木柴，廚房的備用木柴只剩下幾天的用量了。

這些木頭大都是族人們從森林裡扛回來的。當他們發現優瑪家庭院堆放的木頭變少了，便會主動幫忙添加。優瑪會篩選這些木頭，決定哪些可以用來雕刻，哪些只能當柴火。

優瑪拖來另一根木頭，鋸斷木頭時，她驚訝的看著斷面上的年輪，接著拿起之前鋸斷的木頭放在一起比對：「咦，怪了，為什麼這兩根不同的木頭卻有一樣的年輪——如果這些歪七扭八的線條也叫做年輪的話。」

木頭切面上的線條彎彎曲曲、縱橫交錯，看起來像一幅地圖。

吉奧也湊過來瞧：「真是神奇，就算這些樹木長在同一區，接受相同的陽光、溫度、溼氣，但是要在兩棵樹上找出相同的年輪，幾乎是不可能的。年輪就像人的指紋一樣，不可能一模一樣。」

優瑪將兩塊木頭放在一起仔細比對之後，嘖嘖稱奇：「嘿，真的一模一樣呢！一棵是肖楠，一棵是櫸木，這也太神奇了。」

吉奧摸著年輪，一臉的不可思議：「這巧合太驚人了。」

優瑪和吉奧盯著木頭上的年輪看了又看，比了又比，仍然無法解釋這個神奇的巧合。

「樹木也有心靈感應吧！」吉奧說。

「有一隻樹鵲在這棵肖楠樹上唱歌後，飛到另一棵櫸木樹上唱同一首歌，兩棵滿心歡喜的樹用年輪表達了歌詞的意境，所以才會出現一模一樣的年輪，一定是這樣。」優瑪下了這樣的結論。

「又或者是同一隻蟲對兩棵樹說了同樣的悄悄話，希望樹能幫牠傳達愛意給牠暗戀的另一隻蟲，所以，這一模一樣的年輪是蟲的情書。」

吉奧說完，和優瑪兩個人捧腹大笑：「哈哈哈，一定是這樣，不然沒有理由出現一模一樣的年輪。」

優瑪繼續鋸著木頭，並沒有把這件事放在心上，就像誰也不會特別記得十分鐘前抬頭看天空時天上雲的形狀。

吉奧在木塊上畫了一個野人留下的腳印，按照優瑪的指示，用木槌加強壓力，鑿掉鞋印之外的空白處，讓腳印浮凸出來，這種雕刻方式就是浮雕。

優瑪今天有幾件事要做：劈好柴火後，要去拜訪掐拉蘇，聽說她找到了願意學習巫術的女孩；接著她準備把兩隻小雞送去給夏雨，以前奶奶老是忘記家裡有兩隻小雞，常常忘記餵牠們吃東西，送給夏雨也許可以得到比較好的照顧，小雞長大後，還可以每天下蛋給他當早餐。

優瑪開始劈木頭，把木頭上的神祕年輪圖案砍得支離破碎，然後將柴火搬進廚房。

劈完木柴，優瑪邀吉奧、瓦歷和多米一起前往巫師掐拉蘇家。掐拉蘇住在卡里溪橋右側森林，走過卡里溪橋後穿過一小段森林小徑就到了。

雅安娜拿著竹掃帚掃著庭院裡的落葉，看見優瑪一行人，馬上綻開燦爛的笑容相迎。

「優瑪頭目，你們來啦！」雅安娜提高音量招呼著，把屋裡的掐拉蘇給引了出來。

「掐拉蘇，我們過來看看雅安娜學習巫術的狀況。」優瑪說。

掐拉蘇滿意的望著雅安娜說：「雅安娜是巫神同意的巫術傳人，她自己也願意學習。真好！我終於可以安心的面對祖先了。」

雅安娜是雅格妹妹雅歌的二女兒，今年十四歲。有天早晨醒來，雅安娜發現自己手裡握著五顆神珠，她知道巫神選中她了。她握著那五顆神珠走過部落小徑，在森林裡漫步，思考著是否要成為巫師。

這已經是巫神第二次降下神珠了。

更之前的某一天清晨，雅安娜在她的水杯裡發現五顆神珠，她想也沒想就拒絕了。如今，巫神再一次指派，難道真的是天意？

雅安娜想起優瑪小頭目為了掐拉蘇女巫的傳人，雕刻了一個小女巫木雕，卻惹出一連串的麻煩，費了好大的勁才解決所有的事。接著又因為帕克里失蹤、胖酷伊的離去，優瑪心力交瘁，讓族人們十分不捨，也深刻的感受到優瑪這一年多來的改變。

雅安娜了解到有些事不能只考慮到自己喜不喜歡，而要考慮是否被需要，就像優瑪接下頭目職務一樣，得用部分的自由來交換對部落有益的事。

經過一個上午的思考，雅安娜緊緊握著五顆神珠，踏著肯定又堅決的步伐往掐拉蘇家走去，接受了她的命運。

「嘿，雅安娜，」優瑪招呼雅安娜過來：「這幾天學了些什麼呢？」

「這幾天學會辨認祭祀道具，還有豬身上不同部位的骨頭，這些我還得努力記住才行。」雅安娜害羞的說。

「是啊，你要記住不同部位的骨頭，將來才可以正確的擺在祭葉上，這樣才能讓眾神了解我們是用整隻豬來當祭品。」掐拉蘇解釋著。

優瑪大大的鬆了一口氣說：「真是太好了，雅安娜，我代表卡嘟里部落謝謝你。」

雅安娜不好意思的紅著臉，把玩手上的竹掃帚。

「雅安娜很聽話，也很認真。她要學的東西非常多，她會是一個好巫師的。」掐拉蘇說：「三年之後，我們卡嘟里部落就會多一個可以在祭儀中擔任唸咒、祈福和占卜的巫師了。」

優瑪和副頭目們離開了掐拉蘇的家。

「雅安娜之後有很長一段時間得幫掐拉蘇背巫術箱，跟著她到處實習。」優瑪說。

「掐拉蘇是她的師父，雅安娜還得幫她整理家務呢！」多米說。

「這都是學徒應該做的。」吉奧說。

「那你現在跟著優瑪學習雕刻，怎麼沒見你幫優瑪煮飯？」瓦歷問。

「我？這……煮飯……」吉奧支支吾吾的說不上話。

「你不要為難他了啦！」優瑪連忙幫吉奧解圍。

「如果優瑪有需要，我可以去幫她煮飯。」吉奧紅著臉說。

「不用啦，以前奶奶煮的小米飯非常好吃呢！」優瑪說。

經過一棵桃樹，樹上掛著好多顆熟透的桃子，吉奧俐落的爬上樹，摘了幾顆下來分給大家。

每個人都大口吃起桃子，邊吃邊說著桃子好甜，只有優瑪看著手上的桃子，遲遲不敢動口。

「這顆桃子有蟲。」優瑪看著桃子上那些蟲子留下的線條。

「我的桃子沒有蟲，好甜。」多米吃得有滋有味。

吉奧將另一顆桃子遞給優瑪：「這顆很漂亮，沒有蟲。」

優瑪專注的看著手上的桃子，沒有伸手去接吉奧遞過來的桃子。

「這圖案怎麼這麼眼熟呢？好像在哪裡看過？」優瑪喃喃自語著。

吉奧接過優瑪手上的桃子瞧了一眼，立刻叫了出來：「咦，這圖案怎麼跟我們早上看到的年輪圖案那麼像呢？」

經吉奧一提醒，優瑪想起來了。上午鋸樹幹時，發現不同的樹木竟然出現相同的年輪，而這顆桃子上的蟲竟然也啃出一模一樣的紋路。

吉奧把上午發生的那件神奇的巧合，對瓦歷和多米說了一遍。

「會不會是被同一種蛀蟲入侵，而這種蛀蟲爬行的路線是完全相同的？」吉奧做出推測。

其他人思考著吉奧這番話，好像有道理又好像沒道理。

「但是侵害樹木的蟲和吃水果的蟲不可能是同一種。」瓦歷指出不合理的地方。

「這個世界有很多的巧合，你以為這些圖案一模一樣，但那是錯覺，其實只是很像而已啦！」多米說。「你們幹麼這麼嚴肅！這又不是藏寶圖。」

多米從吉奧手上接過桃子，拿到眼前仔細的看著：「這條蟲也太厲害了吧！可以把小小的桃子咬成這模樣。」一條肥滋滋的米黃色蟲子從桃子裡探出半個身子，好奇的看著多米，多米嚇得大叫一聲，把桃子扔得老遠。

「呼！為什麼這個世界會有蟲呢！」多米拍拍手心和臂膀，彷彿那條蟲已悄悄爬上她的手臂似的。

「趕快回家吧！我快要餓死了。幾個小時才吃一顆桃子。」優瑪叫嚷著。

「你不覺得奇怪嗎？桃子上的紋路居然和樹幹的年輪一模一樣？」吉奧追問著。

「也許森林正在流行某一種圖案，說不定明天我們還會看見更多。」優瑪笑著說。

「是這樣嗎？流行？」吉奧不以為然的抓著頭皮說；「怎麼可能？」

「也許我們應該把這圖形畫在衣服上，這樣才能跟上森林的流行。」多米也附和。

「是啊，否則有一天你走在森林裡，會被一株小草嘲笑跟不上流行。」瓦歷抓住機會調侃多米：「快去把那顆桃子撿回來呀！」

「哼，你別得意，等會兒你回到家，就會發現你的種子博物館裡的所有種子上頭，都被畫上這個圖案。」多米說。

「我才不相信。」瓦歷嘴巴這麼說，心裡卻緊張起來。

吃過午飯，優瑪捧著兩隻小雞，和吉奧他們三人一同前往夏雨的動物研究室。距離夏雨動物研究室還有一千多公尺，他們就聽見一聲接一聲淒厲的山豬嚎叫聲。

「怎麼回事？」吉奧說：「夏先生在宰殺山豬嗎？」

幾個人三步併兩步的跑了起來。跑進研究室庭院，便看見表情痛苦的阿通抱著一頭山豬，而全身汗溼的夏雨則努力要將山豬右後腿上的陷阱夾取下。陷阱夾上的齒夾深深的刺進山豬的肉裡，每當夏雨動一下陷阱夾，山豬就痛得大聲哀嚎，用力的踢著阿通的肚子。夏雨的臉頰被山豬強勁的左後腿狠狠的踹了一腳，他忍著痛，奮力想扳開陷阱夾。

優瑪等人見狀，全都撲上去幫忙阿通制住山豬，好讓夏雨工作得順利些。多了幾個人的力量，山豬幾乎動彈不得，夏雨終於取下陷阱夾。

「你們再忍耐一下，我得幫這個壞脾氣的傢伙上藥，牠可憐的腿幾乎就要斷了。」

夏雨取來藥包，幫山豬上藥包紮。接著幾個人七手八腳的將山豬送進一個籐編的籠子，大家才鬆了一口氣。

「牠的腿傷很嚴重，過兩天得換藥，得暫時住在這裡幾天。」夏雨邊抹去臉上的汗水邊說，說完吐出一口血水，一顆牙掉在地上。「可惡，把我的牙都給踢掉一顆。」

阿通摀著肚子，一臉痛苦的說：「我們想幫牠解決痛苦，但是這傢伙一點也不領情，踹了我幾腳，我的肚子痛得要死。」

被關在籐籠裡的山豬終於安靜下來，剛才拚命的掙扎讓牠累壞了，牠的鼻子急促的噴著怒氣，憤怒的瞪著籠外的一群人。

「為什麼我們要這樣做呢？我們設陷阱獵捕山豬，現在卻又要救牠，醫好牠的腳傷，然後呢？放牠回森林，還是要把牠做成肉乾？」瓦歷不解的問。他覺得這樣做很奇怪，不是虛偽就是多此一舉。

夏雨解釋：「這個陷阱不知道是誰埋設的，沒有每天去巡視，導致這頭山豬困在原地忍受著莫大的痛苦。如果我們沒有發現，牠也許會因為流血過多而死亡，或被其他野獸咬死，甚至餓死。我們救牠是為了減輕牠的痛苦，等牠傷好了，會放牠回森林。」

「希望牠下次不會再被逮到。我的肚子痛死了，我得走了，我要找艾娜採些草藥幫我敷一敷。」阿通對著夏雨說：「嘿，你什麼時候過來幫忙墾地呀？艾娜想種些芋頭和地瓜呢！」

「沒問題啦！這頭山豬還需要再換一次藥。你後天再來一趟就行了。」夏雨回答阿通。

「夏先生，你不是有麻醉針嗎？怎麼不用呢？」優瑪問。

「麻醉針用完了，」夏雨說：「一直沒有下山採買。」

「是沒有錢了吧！」阿通挖苦著說：「唉，這沒辦法，咱們部落沒錢可以資助你。我說去抓幾隻鳥換這些東西回來，這固執的傢伙又不答應。」

「我們沒有權利這樣做。」夏雨說。

「還有一個辦法。」阿通不懷好意的看著瓦歷：「把瓦歷珍藏的那些種子拿去賣錢，應該可以換齊你需要的所有東西吧！」

瓦歷抬起頭來，看看阿通再看看夏雨，焦急的說：「我……我那些種子……是……是要……」瓦歷支支吾吾的講到一半就停下來，他自己也不知道留著那些種子要做什麼用。

瓦歷的模樣把大家逗笑了。

優瑪把兩隻小雞暫時關在夏雨用來收養受傷小動物的竹籠裡，從口袋裡抓出一把小米給小雞當飼料。

英雄在樹上好奇的跳來跳去。

「英雄，你不可以欺負小雞喔。」優瑪警告頂著橘紅色頭髮的猴子，牠看起來似乎已經習慣新髮型。關於英雄那頭橘髮，夏雨說是彩姑姑的傑作，是英雄惹惱了彩姑姑所得到的懲罰。

4 野人現身

上午，太陽剛剛照亮部落，族人們聚集在優瑪家庭院。他們有的自己帶了凳子，有的則坐在木頭堆上，等待優瑪唸幾則祖先的故事。他們喜歡聽，然後熱切的討論，彷彿那是昨天才發生過的事情。

讓大家了解部落的歷史是很重要的。優瑪從頭目書房拿出沙里森的日記時，再度肯定自己做了一件很重要的事。

一陣風吹來，帶著卡里卡里樹的花香，族人們聞著這令人感覺幸福的香氣。優瑪今天會讀誰的日記呢？族人們期待著。他們來到這裡，彷彿就為了證實那些發生在很久很久以前的故事，那些一直以為是傳說的事，其實都是

真的，都記載在頭目日記上，絕對假不了。

「今天挑選的日記是第三代頭目沙里森所寫的，距離現在大約是三百年，寫日記的時間是初夏六月。」優瑪將日記本舉高，讓族人可以看清楚：「三百年前的日記是用獸皮寫的，因為那時候還不流行紙張。」

優瑪咳了兩聲，清了清喉嚨後，開始讀日記：

今天是一個適合蓋房子的天氣，陽光非常燦爛，瓦洛家的大兒子瓦奇結婚了，他和他的新娘子必須搬出去另組一個家庭，我們今天要幫他們蓋一幢新房子。

為了蓋這幢房子，我們採集了許多石板，還砍了幾棵肖楠和櫸木，所有的物料都準備齊全，三十個壯丁，只用一天的時間，在陽光的照耀下把房子給蓋好了，真不愧是卡嘟里族人。房子的每一塊石板、每一根木頭都受到陽光慷慨的祝福。

瓦洛宰殺了兩頭山豬用來祭祀新屋落成。巫師雅梅莉誦讀祈福經文，希望屋子的主人全家身體健康、人丁旺盛。卡嘟里部落現在有七十七戶人家，之後將慢慢發展成一個人口眾多的龐大部落。

優瑪停頓了一下看著大家，說：「卡嘟里部落現在有一百七十七戶住家，雖然不算是一個龐大的部落，但是這樣緩慢的增加，剛剛好讓我們共享住家附近的資源，暫時還不需要考慮因為資源不足而遷村的問題。」

優瑪翻了兩頁，繼續讀著：「接下來我要讀的是另一則日記。」

部落很少有訪客，就算有外族人進入森林，通常也只是路過。遇到這樣的狀況，我們會好奇的彼此打量，如果對方有壞的意圖，我們已經做好防備，不允許任何人或任何事傷害部落。如果對方是善意的，我們也只是交換善意的眼神，不會有太多的交談。

今天部落來了一個背著大背包男人，長髮綁成兩條辮子，穿著一件深藍色的長袍，皮膚白皙、瘦小，眼神機靈，笑容滿面。他看起來不像路過，倒像是來部落拜訪他的好友似的。他將背包打開，把所有的東西攤在地上，那是一些從來沒見過的奇怪東西，有衣服、鋤頭、毛線、帽子，和許多叫不出名字的東西……族人們好奇的把玩這些新奇的玩意兒。

『喜歡嗎？拿東西來換。交換，交換！拿東西來換。』穿長袍的男子大聲的叫嚷著。

攤在地上的東西很快就變成木雕、竹簍、山豬牙、弓箭、鞋子、獸皮衣。

穿長袍的男人走了之後，我想了很久，同意交換的決定到底對還是不對呢？最後，我終於下了一個結論，這個世界上不是只有卡嘟里一個部落，山腳下住著一群生活模式和我們截然不同的人，文化可以相互學習，但是不可以被改變，這是必須堅持的。如果那個穿長袍的男子再來的話，我會跟他表明這一點。

優瑪闔上日記本，帶著微笑看著大家。「今天的日記就讀到這裡。」

「所以說，卡嘟里部落第一次和外族人進行物品交換，是從第三代頭目沙里森開始的。」瓦拉說。

「一直到今天，我們還持續這種交換模式，我們的生活沒有因為交換而有所改變，是一件可喜的事。」帕克里說。

「可惜呀！可惜。」以前奶奶很懊惱的樣子。

「可惜什麼呢？姨婆。」優瑪問。

「可惜了以前哪！以前的東西像大樹長了根似的，我們怎麼也帶不走，只能回頭看哪！」以前奶奶感慨的說。

沒有人聽得懂以前奶奶惋惜的話語裡究竟想表達什麼，但是他們已經習慣以前奶奶牛頭不對馬嘴的談話，沒有誰會去辯駁或者追根究底。以前奶奶有自己的世界，她的世界只有她自己懂。

「瓦歷，瓦洛是你的祖先耶！」多米雀躍的拍著瓦歷的肩膀說，彷彿瓦歷抽中了大獎。

「那房子不會是你們現在住的這幢吧？」吉奧問。

「應該不是吧。」瓦歷說。「一幢房子不可能維持三百年不變，我們房子都翻修過了。」

正當族人們腦子裡還想著父親、母親以及祖父、曾祖父說過的故事，準備離開優瑪家時，大樹和阿莫氣喘吁吁的跑進庭院大叫：「野人！野人出現在卡里溪橋旁邊那棵卡里卡里樹上。」大樹講得上氣不接下氣。

「他剛剛爬上樹，想摘卡里卡里樹的花。」阿莫接著說。

所有人扔下手上的凳子或是從木頭上彈起，全都往卡里溪橋跑去。優瑪、吉奧、瓦歷和多米也拔腿狂奔。

野人站在高高的樹杈上，慌張的望著樹下的人群。他的口袋裡裝著滿滿的卡里卡里樹花。

樹下的族人們仰著頭，望著這個穿著深色簑衣、長長的頭髮和鬍子糾結在一起，只露出一雙眼睛的野人。他的裝扮和個頭看起來像頭凶猛的野獸，讓人不寒而慄。

優瑪等人趕到，帕克里也來了。

「他只想摘花吧？」多米仰著頭說。

「我們圍在這裡，他不敢下來了。」瓦歷說。

優瑪仰著頭，看著野人。

野人焦慮的雙眼環顧著樹下的人群，他的目光掃到優瑪的臉上便停住不動，焦慮的眼眸瞬間變成驚愕！

優瑪仰著頭迎向野人的目光，她也愣住了！那眼神，那對眼睛，怎麼那麼熟悉！

「把他趕下來！」有人吆喝著。「他不能在樹上待一輩子。」

「你下來呀！」

有人開始拍打樹幹，發出怪聲，示意野人下來。還有人作勢要爬上樹。

野人見樹下的人群騷動起來，開始往更高的地方爬。

「他想做什麼？」

「不要爬呀！危險！誰家的小孩爬那麼高！」以前奶奶仰頭對著那個野人擔憂的喊著。

「以前奶奶，樹上那個人不是小孩，是野人。」阿莫向以前奶奶解釋。

「啊，野人哪！以前的森林也常常有野人出沒。」以前奶奶仰著頭自言自語：「野人爬那麼高，也是很危險的呀！」

野人爬到一根較細的樹枝上，一蹬腳便俐落的跳下，雙手準確的握住下方的樹枝，接著前後擺動身體，在眾人驚訝的目光中，將自己用力的甩出去，像鷹一般的飛越人群，輕巧的降落在卡里溪橋上，然後像隻敏捷的鹿，用極快的速度跑進森林。大家還沒回過神來，野人早已失去了蹤影，只在卡里溪橋上留下幾朵從口袋裡掉出來的卡里卡里樹花。

優瑪望著野人消失的森林，一顆心如戰鼓般的響著，那對眼睛，像極了沙書優！他……是沙書優嗎？

「野人是人還是動物呢？我的眼睛才眨一下，他就不見了。」

大家七嘴八舌的討論著。

「他的簑衣裡藏著一對老鷹的翅膀。」

「為什麼我們不追上去逮住他，扯下他的鬍子，看看他的真面目呢？」

「那種速度誰也追不上。」

「還會有機會碰見他的，如果他還在卡嘟里森林活動。」

「聽說他之前在烏達卡拉森林待了一整年。當地的孩子還編了一首野人的童謠。」

「是啊，看來傳說都是真的。」

一陣風吹來，早開的卡里卡里樹花零零星星的飄落。多米伸手接了兩朵，放在鼻間嗅聞。

「連野人也被這美妙的花香吸引。」多米說。

「優瑪，我們要把野人找出來，然後要他教我們怎麼像鷹一樣飛，像鹿那樣奔跑。」瓦歷期待的說。

「別傻了，瓦歷，野人其實是鷹人，他不可能留在人類的部落生活。」多米說。

「我覺得野人是人，他的眼睛是人類的眼睛。大家要將他趕下來的時候，我看到他眼裡流露出恐懼。」吉奧說。「他是一個很厲害的野人。他也許是森林裡的熊養大的。」

「你們有沒有覺得野人的眼睛長得很像沙書優？」優瑪心懷期待的看著其他三人。

「那是沙書優的眼睛嗎？」吉奧、瓦歷和多米同時叫起來。

「我看不出來野人身上有任何沙書優頭目的影子。」吉奧說。

「他站在那麼高的樹上，我看不清楚。」瓦歷說。

「我不知道他還有眼睛呢！」多米說：「他的臉被垂下來的頭髮遮住，根本看不清楚。」

優瑪聳了聳肩膀，喪氣的說：「算了，我只是隨便說說罷了。」

優瑪拖著鞋跟，懶洋洋的走上部落小徑。

「優瑪太想念沙書優了，才會以為野人是沙書優。」多米同情的說。

「沙書優失蹤這一年多來，森林裡不斷出現疑似出自沙書優手法的太陽圖案，這表示沙書優還活著。」吉奧說。

「沙書優忘了回家的路。」瓦歷接著說。

「這很有道理啦！但是，那個野人根本就不是沙書優，你們以前見過沙書優在天空飛嗎？」多米不以為然的說：「何況沙書優是一個大塊頭的勇士，野人就算穿了好多層衣服外加一件簑衣，身材看起來還是明顯的瘦很多。」

「說得也是。」吉奧也同意這點。

傍晚，優瑪來到帕克里家。兩人坐在屋簷下的石凳上，安靜的看著遠山，看著天上緩慢移動的雲。

許久，優瑪才開口說話：「帕克里，你和野人近距離打過照面，看過他的臉，你認為他有可能是沙書優嗎？」

帕克里轉頭看著優瑪：「你認為他像沙書優嗎？」

「我仰著頭看，看到沙書優的眼睛，但我不確定他是不是是。」

帕克里再度望向綿延層疊的山景。「我也懷疑那雙眼睛是沙書優的，感覺很熟悉，很像朋友的眼睛。尤其是當他看著我的時候，我可以感覺到他似乎認得我。」

「走出熊森林後，你為什麼不告訴我這件事情呢？」優瑪問。

「我只是想等確定之後再告訴你。」帕克里說：「我和瓦拉上山找尋了幾次都一無所獲，一直到幾天前，我們才在天神的禮物平台看見他。但我還是無法肯定他就是沙書優。」

「他應該不是沙書優吧！沙書優根本就不會飛。」

「這很難說，野人在森林裡生活，為了應付森林的種種危險，練就這一身好本領並非難事。」

「如果他是沙書優，我說如果，他為什麼會變成那樣？」

「有很多原因，比如說，他被野獸攻擊、腦部受到重創，或者他摔傷了，又也許他……」帕克里說到一半停了下來，轉頭看著優瑪：「或許，我們該先把野人找出來，再來尋找答案。」

「卡嘟里森林這麼大，誰知道他躲藏在哪裡呢？」優瑪顯得沮喪。

「別擔心，只要他曾經出現在森林，森林就會幫我們保留他走過的足跡。」帕克里站起來，說：「回去吧，天黑了，以前奶奶在家等你吃晚飯呢！」

回家的路上，優瑪無法停止思考，如果連帕克里都覺得野人的眼神像沙書優，那野人一定就是沙書優了。

半個太陽

清晨，優瑪和以前奶奶在森林裡散步，來到岩石山天神的禮物平台。這裡是整個部落視野最好的地方。兩人坐在平台上，看著晨霧在山谷間湧動。

「姨婆，你覺得野人是誰呢？他是從哪裡來的？」

「以前以前哪，沙書優還是小男孩的時候，卡嘟里森林也曾出現一個奇怪的人，沒有人曉得他是從哪裡來的。他只有一隻眼睛，穿著獸皮衣，頭髮和鬍子長到拖地，他打著赤腳，卻跑得比山羌還快。有一個族人曾經看見他在卡里溪邊洗澡，所以知道他是人不是獸。族人沒有去追捕他，就讓他在森林裡活動。已經很久沒有人看過他了。現在這個野人回來了。野人是個不會老的人。」

「那個野人和這個野人是同一個人嗎？」

「野人都長一個樣子。」

「你覺得野人像不像沙書優？」

「沙書優去了烏達卡拉部落，那裡出產很多竹子。」

優瑪微笑著看著以前奶奶，以前奶奶的記憶又出走了，答非所問。

兩人安靜的坐了一會兒，優瑪鬆開盤坐的雙腿時，看見自己的腳正好踩在沙書優留下的太陽圖案上。優瑪看著圖案沉思了一會兒，沒多久便興奮的站起來，她有了一個絕妙的點子。

優瑪跑出平台，從樹林裡撿了幾塊石頭，在岩壁以及平台上模仿沙書優的手法，畫了半個太陽。

「如果他是沙書優，他一定會完成另外半個。」優瑪神情激動的說。

「姨婆你先回家，我要去森林裡多畫幾個太陽圖案，如果他是沙書優，他會讓所有的太陽完整起來。」

「我先回家，我得去告訴伊芬妮，芋頭不可以煮太久。早上我出門的時候她正在煮芋頭，不能跟我們一起散步。」以前奶奶神色匆忙的離開天神的禮物平台。

「早上？我們從醒來到現在都在一起呢，什麼時候見過伊芬妮？」優瑪對著以前奶奶的背影喃喃自語。

優瑪沿路在岩石山、楓樹林、白楊樹林、卡里溪畔以及苧麻林畫了幾十個半個太陽，然後滿意的踩著輕鬆愉快的步伐下山，彷彿她已經有了十足的把握，可以將獵物引進陷阱裡。

大樹背著一個大竹簍，竹簍裡躺著一塊塊切好的山豬肉。他來到優瑪家，發現沒人在家，於是坐在庭院裡的木頭堆上等著。看見優瑪終於出現在部落小徑時，他綻開燦爛的笑容迎上前去，陪著她走進屋裡。

「我帶來一些山豬肉，太陽這麼大，剛好可以曬成肉乾呢！」大樹放下背簍拿出幾塊山豬肉，放在廚房的桌上：「這些都是最好的部位。」

「以前奶奶還沒回來嗎？」優瑪朝屋裡張望。

「我找過了，以前奶奶不在家。」大樹說。

大樹準備離開時，夏雨和阿通正巧走進優瑪家庭院。

「要不要留下來看一些有趣的東西？」阿通對大樹說完，轉身對優瑪說：「優瑪頭目，我們要給你看一些東西。」

「我得去分豬肉呢！什麼有趣的東西？」大樹一邊猶豫得盡快把山豬肉分給族人，一邊又被阿通說的有趣的東西給吸引，他遲疑了一下，決定跟著優瑪他們走進會議室。

夏雨把紅外線體溫偵測照相機拍到的照片攤在桌上。

「這幾天，野人頻繁的在森林裡走動。」夏雨指著照片說：「幾乎每一部照相機都拍到他。」

優瑪仔細的反覆看著每一張照片，這些照片拍得不完整，有些拍到背影、有些拍到鞋子、有些拍到下半身，只有一張拍到野人的臉。照片中野人整張臉被鬍子和頭髮遮蓋，眼睛則隱藏在垂下的頭髮後頭，隱約可以看出野人被照相機的閃光燈嚇一跳的表情。

優瑪的心往下沉。從這些照片看來，野人根本就不是沙書優，那個身形、那對眼睛一點也不像沙書優。但優瑪很快又推翻這個的想法。野人只是這個角度看起來不像沙書優，換個角度也許就像了，更何況亂髮遮去他一半的眼睛。

夏雨攤開一張自己繪製的大地圖，幾個地方標著紅色的三角形。「這些三角形就是野人最常出現的地方，這樣就清楚了，我們只要埋伏在這些地方就可以逮到他。」

「不要傷害他。」優瑪說：「他看起來很友善，不要傷害他。我們很快就會知道，野人到底是不是沙書優了。」

阿通聽不清楚優瑪的喃喃自語，於是問：「啊，你剛剛說什麼？」

「沒什麼，我只是覺得既然野人沒有惡意，我們也不能對他太粗暴。」優瑪傻笑了一下說。

「那當然。」夏雨表情肯定的說。

夏雨、阿通和大樹熱烈的討論起來。他們從出沒的路線，推斷野人可能的藏身之處，如果派出三隊人馬，從三處包抄埋伏，野人就逃不了了。

優瑪看見三人認真的態度，彷彿他們要捕捉的是一頭凶猛的怪獸，焦急的說：「你們沒聽帕克里說過嗎？」

夏雨、阿通和大樹停止討論，抬頭看著優瑪：「帕克里說什麼？」

「帕克里說，野人的眼睛很熟悉，像一個朋友的眼睛。」

夏雨點點頭，用眼神詢問：「然後呢？」

「所以，野人有可能是沙書優。」

「野人可能是沙書優頭目？」阿通站直了身子，臉上出現訝異的表情。

「那天，那個野人站在卡里卡里樹上，我怎麼看都不覺得他像沙書優頭目。」大樹說。

「沙書優頭目很高壯，但是野人的身形看來並不像。」夏雨也覺得野人不可能是沙書優。

「他也許是沙書優，也許不是。所以，請溫柔的對待他。」優瑪說。

阿通和大樹用同情的目光看著優瑪，優瑪因為思念沙書優，把野人當成沙書優的心情是可以理解的。三人同時點點頭，表示會溫柔的對待野人。

以前奶奶喃喃自語的穿越庭院走進廚房：「伊芬妮的家明明就在卡里溪橋前面，怎麼找不到呢？搬家也不說一聲，叫我以後怎麼找她呀！」

隔天清晨，優瑪踩著草地上的露珠，跑上岩石山天神的禮物平台，她喘著大氣，看著岩石上的半個太陽，只有一隻小蟲迅速爬過，鑽進石縫裡躲藏。

野人沒有來。

也許他來了，但因為他不是沙書優，所以對半個太陽無動於衷。

優瑪進入森林，查看其他地方的半個太陽。每一個都安靜的待在原來的地方，沒有任何動靜，附近也沒有出現疑似野人的腳印，半個太陽孤獨的在岩石上等候著也許可能也許不可能的完整。

別急，才一天而已！野人也許被嚇到了，短時間內不敢再接近部落。也許，明天或後天她就會看到另外半個太陽。優瑪自我安慰著。

優瑪轉過一個彎，看見不久前才來過的兩個登山客站在山路上，指著她畫的半個太陽討論著。

「你們一直待在森林裡都沒下山嗎？」優瑪問。

「我們下山之後再上山的。卡嘟里森林很漂亮，我們很喜歡。」其中一個矮壯的男子說。

「這半個太陽在卡嘟里部落有特別的意義嗎？」另一個光頭男子邊掏出手帕抹著頭上的汗水邊問。

「沒別的意思，孩子畫著好玩的。」優瑪不想告訴他們實話。

「哈哈，我就說嘛！沒什麼意思的，你硬要說半個太陽代表這個地區陽光照不進來。」矮壯男子得意的說著。

「照常理來判斷，很少人會畫半個太陽的。」光頭男子不服輸的說。

「對了，小頭目，你應該知道關於部落與國家曾經簽訂一份『自治協議書』的事情吧？」矮壯男子故意裝成隨意的閒聊，卻還是透露出刻意的試探。

優瑪愣了一下。「自治協議書」？她從來沒聽說過，也沒聽沙書優說過，那是什麼呢？

「這個……我……我不清楚。」優瑪不確定的說。

「你沒看過那份『自治協議書』？」矮壯男子想得到確切的答案，急切的眼神中閃過一絲驚喜。

「那是什麼？我沒見過。」優瑪說，他們問話的態度讓優瑪感到不安。

矮壯男子和光頭互換了一個詭異的眼神後，矮壯男子臉上刻意堆滿親切的笑臉，說：「沒什麼，我只是聽說，國家和部落曾經簽過這樣一份合約，其他我也一無所知。」

優瑪努力的回想，有這份合約嗎？合約的內容是什麼呢？優瑪的心揪得緊緊的，這合約讓她感到恐懼與不安。

「你為什麼突然這樣問呢？」優瑪問。她覺得這兩個人絕對不是一般的登山客。

「這麼原始美麗的森林之所以能保持得這麼好，聽說和這份合約有關，任何人都會感到好奇的。」光頭男子解釋。

「是啊，尤其是國家其他的森林已經被砍伐得面目全非的時候。」矮壯男子補充說道。

優瑪心裡的不安並沒有隨著這兩名登山客的離去而消失。他們提起的那份「自治協議書」，到底是什麼東西呢？

此刻那份合約已經變成一塊隱形的大石頭，壓在優瑪的心頭上。

6

一封來自國家的信

今天是優瑪唸頭目日記的日子，庭院裡聚集了許多族人。

優瑪挑選的是沙書優失蹤前兩個月寫的日記。日記裡所記載的事，族人們應該記憶猶新才是。

「這篇日記是沙書優頭目失蹤前兩個月寫的。」優瑪對族人說。

優瑪開始讀日記，大家眼睛眨也不眨的望著她。

雅格首先發現這件事。他氣喘如牛的跑來告訴我：「沙書優頭目，卡嘟里森林的猴群數量多到不像話，他們整天在森林為了爭食打群架，嚇得我都不敢上山打獵。」後來，族人們陸陸續續發現森林的松鼠、山豬、黑熊、黃鼠狼、山羌、水鹿和其他動物的數量都增加了。

這是怎麼回事？動物數量增加，族人可以輕鬆狩獵，原本是一件好事，但是，從另一個角度來思考，這些動物從哪裡遷徙過來的呢？那些地方發生了什麼事？我和動物學者夏雨討論了這個問題。

夏雨說，當棲息地環境惡化或者發生自然災害，例如森林火災、乾旱等，都會導致動物大規模遷徙。另外，森林遭到濫墾濫伐，動物為了覓食也會整群遷移。

族人們小聲的討論這件事。他們印象仍非常清晰，那時候森林動物多到走在山徑上都會和動物撞個滿懷呢。

很肯定的，卡嘟里森林附近的森林正產生變化。這麼多動物該怎麼辦呢？夏雨說別擔心，當種群過於擁擠的時候，會有另一波大規模的遷徙發生。也就是說，會有許多的猴子、黑熊和水鹿等動物搬到鄰近的烏達卡拉山或是雅達拉山。

優瑪闔上日記本時，突然想起幾天前那兩名登山客說的話：「尤其是國家其他的森林已經被砍伐得面目全非的時候。」她的心一陣緊縮，難道那份神祕的合約書和森林保護有關係？

優瑪準備唸第二篇日記時，部落來了一個穿著綠色套裝的年輕人，一群狗包圍著他狂吠，年輕人急得漲紅了臉，拿下背包擋在雙腳前，防備狗的攻擊。族人們漸漸靠了過去，好奇的打量這個人。

「我來送信的，有一封信要交給頭目優瑪。」

沒多久，族人們把穿著綠色衣服的人帶到優瑪家。

優瑪接過信，疑惑的問：「這是什麼？」

「是我們政府發的一封公文。」穿綠色衣服的人說。

「公文？」優瑪不明白。

「就是國家發出來的正式文件。」

「裡面寫什麼？」

「我不知道。只有收件人有權利拆這封信。我只是郵差，負責送信。」綠衣人拿出一本小本子，遞上一枝筆，指著一個空格說：「請你在這裡簽名。」

優瑪接過筆，在空格上寫下自己的名字。

優瑪請這位從山腳下來的郵差進屋喝水，還吃了些番薯餅。郵差完成任務後，匆忙趕路下山。「好遠的路程啊！真是累死我了。」郵差一邊抱怨一邊加快腳步離開。

優瑪取出信閱讀：

沙書優頭目敬啟：

感謝卡嘟里部落四百年來的守護，讓卡嘟里森林能保持最原始的自然景觀，以及豐富的資源。

四百年前卡嘟里部落與國家簽署了一份自治協議書，雙方協議卡嘟里部落得以維持獨有的文化型態，不需向國家繳稅，唯一的條件為必須負責保存並保護卡嘟里森林的自然生態。由於該協議書簽署的自治期限為四百年，即將於三十日後到期，國家擬於到期日後將卡嘟里部落以及卡嘟里森林納入管轄。卡嘟里部落的自治權及居住權也將一併終止。國家將另覓地方安置卡嘟里部落。

國家森林部將於一個月後派員前往商討遷移事宜，特此通知。

總統楊誠成

優瑪的臉色沉了下來。

看見優瑪痛苦的表情，吉奧知道一定有事：「是誰寫來的信？」

「信裡說什麼？」多米焦急的問。

「帕克里、雅格，還有部落長老們請到頭目會議室來，有重要的事要商量。」優瑪用沉重的語調說。

「優瑪，你不要嚇我，發生什麼事了？」多米皺起眉頭，一臉焦慮的問。

在庭院裡聽頭目日記的族人，似乎也感覺好像要發生什麼可怕的事，但是優瑪笑著對他們揮揮手說：「今天的頭目日記就讀到這裡，大家先回去吧！」大家陸續離開優瑪家，他們心裡縱使有一點不安，也暫時被優瑪臉上的微笑給安撫了。

優瑪想起幾天前那些問東問西的登山客。他們不是為了登山賞景而來，是為了探問部落頭目以及自治協議書的事而來的。

優瑪進入頭目書房，想找出那份協議書。當年是誰簽下那份自治協議書？協議書內容又是什麼呢？優瑪看著架上的日記，不知從何處著手，如果之前能勤快一些，讀完所有的日記，現在就不用煩惱找不到檔案了。

沙書優就不同了，他已經讀完所有的日記，一有空閒，還會反覆再讀。因此，當沙書優想參考什麼資料或者哪位頭目曾經說過什麼話，他會毫不遲疑的來到某一個書架前，準確的取出他要的日記。

優瑪希望自己能像沙書優那樣聰明又積極，此刻，她明白自己還需要更加努力。

優瑪在頭目書房找不到那份她從沒聽說過的協議書，於是進入沙書優的房間，找遍每一個角落，拉開每一個抽屜，還是找不到。如果真有那份協議書，到底會放在哪裡呢？沙書優知道嗎？或者沙書優把它藏在一個只有他自己才知道的隱密地方？

帕克里等長老和副頭目們，神情嚴肅的坐在會議室裡，沒多久大樹、瓦拉和夏雨也走進會議室。

「發生什麼事了？信是誰寄來的？」帕克里問。

「信是國家總統府寄來的。信裡提到四百年前國家和卡嘟里部落簽訂的自治協議書，自治期限是四百年，最近即將到期，卡嘟里部落和森林從此將被納入國家管轄範圍。」優瑪簡單的說明信裡的內容後，將信件傳給每一個人閱讀。

「據我所知，四百年前簽署的協議是永久有效的，他們不可以片面說終止就終止，得拿出協議書來證明！」帕克里站起來激動的說。

「先把協議書找出來看一看。」雅格說。

「協議書上怎麼寫的？」大樹問。

「四百年了協議書還在嗎？」瓦拉問。

「我沒看過協議書，也沒聽沙書優說過。」優瑪說。

在場的每一個人都愣住了！

「我剛剛已經找過了一遍，頭目書房和沙書優的房間都找不到。」優瑪沮喪的說。

「優瑪，如果部落被國家收回，我們會怎樣呢？」多米不安的問。

「我也不知道。」優瑪朝夏雨望去：「夏先生從國家那裡來的，也許你可以告訴我們。」

夏雨臉色沉重的深呼吸一口氣：「如果那份協議書期限真的到期，國家將森林和部落納入管轄，那麼國家就有權利開發森林，可以砍伐森林裡的樹，部落的族人也許必須遷村到低海拔的地方，方便國家管理，同時要開始工作，進入金錢交易的生活模式，也要向國家繳稅。」

夏雨看見大家驚嚇的表情，不知所措的抓了抓頭髮，表情慌張的說：「我說的是可能啦！也許他們會把卡嘟里部落弄成一個觀光部落，吸引觀光客。也許，不像我說的那樣糟啦！」

夏雨的話就像一陣灼熱的焚風，將在場的每一個人都燒灼得像一株垂頭喪氣的小草。

「如果我們抵抗呢？」大樹說。

「用什麼抵抗？」瓦拉問。

「我們有獵槍。」大樹憤慨的說。

「你們會被抓進監牢。」夏雨說。

「會有比戰鬥更好的方式，卡嘟里部落反對暴力。」一位長老斥責大樹。

「卡嘟里部落從以前到現在都是採自治方式，不受任何干擾的維持原有的生活文化。但是，無論如何，卡嘟里部落仍然依附在國家的土地上。就算是自治，也仍然受限於國家。只是，卡嘟里部落發展至今，和四百年前的生活型態相比沒有太多的改變，這是很奇特的。我想，國家也許會考慮保留這珍貴的文化。」夏雨分析。

「我無法想像我們後代子孫離開卡嘟里森林和部落，將面臨怎樣的命運。」一位長老憂心忡忡的說。

「我們必須想出幾個可能的方案，三十天後才能和國家派來的人談判。」帕克里說。「這件事暫時不要張揚出去，免得引起族人的恐慌。」

「我會盡可能把協議書找出來。」優瑪說。

會議結束了，帕克里之外的長老們帶著凝重的表情離開會議室。

「從來沒有聽沙書優說過這份協議書。」優瑪說。

「四百年了，會不會傳到某一個頭目之後就不見了？」瓦歷說。

「怎麼可能！我們的頭目一點也不笨，沙書優一定知道協議書放在哪裡。」吉奧堅定的說。

「我以為我們的家園一輩子都會這樣美麗，我們一輩子都會住在這裡。」多米一臉悵然。

「如果有一天沙書優突然回家，發現卡嘟里部落毀在我的手裡，一定會失望到極點。」優瑪痛苦的將臉埋進手掌裡：「我們一定不能被趕出森林，否則當沙書優回家，一輩子也找不到我們。」

「優瑪……」吉奧說：「還有三十天，足夠我們想出一個好辦法。我們以前遇到很多麻煩，也都一一克服了，不是嗎？這次也是一樣，我們會找到解決方法的。」

「不要這麼悲觀嘛！我們都還沒開始找呢！」瓦歷說。

「不過沒有人看過協議書，根本不知道協議書長什麼樣子，該怎麼找呢？」吉奧說。

「四百年前的頭目日記是用獸皮寫的，我猜，協議書或許也是一張獸皮。」優瑪轉頭看著帕克里說：「帕克里，你有沒有聽沙書優說過？你有沒有看過那份協議書？」

「我知道有這份協議書，但是從沒看過，而且只聽沙書優提過一次。」帕克里說。

「如果真的找不到的話，到時候也只能接受國家的管治了。」多米無精打采的說。

優瑪、吉奧、瓦歷和多米沉默了下來，他們看著彼此，心裡非常明白，這次遇到的麻煩，不是小樹等級，而是千年檜木規模。

四個人進入優瑪家，再次展開大規模的搜索。

優瑪再一次翻找沙書優的房間，仔細的找遍每一個角落，翻遍每一本書。她將衣櫥裡每一件衣服的口袋翻出來，甚至連床底下、書桌夾層也不放過，但找不到就是找不到。

這麼重要的東西，沙書優會藏在哪裡呢？

吉奧、瓦歷和多米則翻找客廳、會議室、廚房，屋子每一個角落都找過，仍然一無所獲。

以前奶奶坐在屋簷下的籐椅縫著她的圍裙，每當有人經過，她就抬頭看一眼，眼睛跟隨幾個孩子移動，一會兒朝左一會兒向右，心裡疑惑這群孩子怎麼這麼忙碌？

多米沮喪的在以前奶奶身旁的椅子坐下，問以前奶奶：「你有沒有在家裡什麼地方見過豬皮、鹿皮、飛鼠皮或是其他獸皮？」

以前奶奶皺了一下眉頭，一副很努力思考的模樣：「以前哪，家裡有很多獸皮，我們會拿來做衣服、帽子，或者口袋，像我手上這個。」

「還有沒有其他的獸皮呢？」多米問。

「以前有很多呢！以前哪，我有一雙鹿皮做的鞋子，是我的父親做給我的，很柔軟，很好穿呢！」以前奶奶望著遠山，眼神又迷離起來。她的嘴角浮現甜美的微笑，記憶回到以前以前，她還是小女孩的時候，父親親手做了一雙鹿皮鞋子給她⋯⋯

多米看了看以前奶奶正在縫的口袋，那是一張五個手掌般大的不規則形狀獸皮，以前奶奶沿著獸皮的邊緣將它縫在圍裙上。

「你在做什麼呢？」

「我在為我的圍裙縫一個口袋。」

「嗯，圍裙的確需要口袋。」

優瑪、吉奧和瓦歷分別從客廳、廚房走出來，他們看起來沮喪極了。

「找不到，我肯定協議書不在屋子裡。」吉奧說。

「怎麼辦呢？」優瑪開始抓起頭髮：「不可能憑空消失的。剩下文物收藏室和頭目書房還沒找。也許就藏在那裡。」

優瑪看見以前奶奶專心的縫著什麼，她隨口問了一句：「姨婆，你在做什麼？」

「我在為我的圍裙縫一個口袋。」以前奶奶說。

「噢，縫口袋呀！圍裙的確需口袋。」優瑪說。

優瑪突然想起什麼，走進廚房，拿了一瓶小米酒，還有幾塊小米糕，和副頭目們來到祖靈屋。她恭敬的在酒杯裡斟滿酒，將小米糕擺放妥當。

「敬愛的祖先們，請見諒，我必須在祖靈屋裡找一樣東西，也許你們都看過，那是四百年前卡嘟里部落和國家所簽訂的自治協議書。那份協議書很重要，關係著部落的未來。如果你們知道放在哪裡，請告訴我。我現在要開始找了，打擾之處請祖靈們見諒。」

四個人小心翼翼的開始在各個祖靈像之間移動，把陶壺拿起來查看內部，之後又爬上梯子，檢查祖靈屋的橫梁、角落、縫隙……最後，仍然什麼也沒找著。

優瑪臨走前對著祖靈像點點頭，說：「如果你們忽然想起來，請記得告訴我。」

四個人走出祖靈屋，走上二樓的文物收藏室。收藏室裡擺著許多木雕、石雕作品，大多是祖先們的作品；另外還有傳統服飾、古老的大陶壺、小陶壺、竹蓆、籮筐、木臼等等充滿古樸氣息的古物。

「啊，好久沒來了！真抱歉，這些日子部落陸陸續續發生好多麻煩的事，忙到忘了和你們打招呼呢！」優瑪感慨的說。「你們好嗎？」

優瑪逐一摸著陶壺上的蛇：「嗨，大胖、彎彎、曲曲、大歪、二歪、帥帥蛇、阿瘦、大直、大妞、小妞，你們好嗎？我在找一件東西，是四百年前卡嘟里部落和國家簽訂的自治協議書。那份協議書關係著部落的前途，我必須把它找出來，所以打擾了。」

四個人檢查了每一個陶壺，移動每一件雕刻作品。沒有，還是什麼也沒找著。幾個人失落的離開文物收藏室。這麼重要的東西一定藏在一個不易被發現的地方。到底是哪裡呢？

晚餐時間，以前奶奶做了竹筒飯，四個人一陣狼吞虎嚥，便急匆匆的下了餐桌，走進頭目書房。

優瑪從第一代頭目達卡倫的書架上搬了一大疊日記放在桌上。

「今天就讀完這些吧！這麼重要的事肯定會記錄在日記裡的。」優瑪把剛剛抱下來的日記推到桌子中央：「我們只要讀達卡倫頭目寫的日記就行了，自治協議書是他簽的。」優瑪說。

吉奧、瓦歷和多米拉開椅子坐下，開始讀起日記。

每個人讀完兩本，拿起第三本時，四個人互相交換了眼神，雖然沒有交談，眼神卻彷彿在說：「沒關係，繼續讀下去，會找到的。」

讀完第五本日記時，吉奧揉著雙眼走到窗邊，抬頭看著滿天的星斗伸懶腰。他覺得自己需要休息一下，因為眼睛雖然看著文字，腦子卻疲累得無法思考。突然，一幅奇怪的景象躍進吉奧的眼中，他的表情僵住了。

「咦，那是什麼？太詭異了，你們快來看！」

已經昏昏欲睡的優瑪、多米和瓦歷，放下日記來到窗邊，順著吉奧手指的方向朝天空張望著。滿天閃爍的星斗排列出一個怪異卻熟悉的圖形，圖形的左上角有一團亮光，是幾個星星黏在一起，散發出彷彿燈泡一般的亮光。

他們震驚的說不出話來！

「和木頭年輪、桃子上的圖形一模一樣！」優瑪驚訝極了。

「為什麼這圖形一再出現呢？」吉奧說。

「我要把這圖形畫下來。」優瑪轉身走向放自己日記的書架，拿了一本日記走回窗邊，把圖形給描繪了下來，並且在閃著亮光的地方打了一個星號。

「這到底是什麼圖形呢？」瓦歷望著天空喃喃自語著：「看起來很像是路線圖，你們認為呢？」

「不是很像，根本就是吧。」多米說。

「明天我們去夏先生那裡，請他確認卡嘟里森林裡是否有這樣一個地方。」優瑪說。

「這事古怪得很。」吉奧說：「相同的圖案一而再，再而三的出現。」

「嗯，太不可思議了。」瓦歷說：「這會不會是一種暗示？」

「暗示什麼？」優瑪問。

「我也不知道。」瓦歷說。

「我也覺得太奇怪了，我們這幾個正在發育的孩子，這個時候應該去睡覺，讓身體再長高一點，但是，我們卻像貓頭鷹一樣，變成夜行動物。」多米說完打了一個大呵欠。

「明天再繼續讀日記吧！好累。」優瑪說：「吉奧和瓦歷你們就睡在客房，多米和我睡，明天還有一大堆事要做，得養足精神才行。」

優瑪等人熄燈離開書房，進入沉沉的睡夢中之後，蒼穹上的星星緩緩移動了，這些星星彷彿是薄薄的亮紙片，有誰對它們輕輕的吹了一口氣，一下子全散了開來，怪異的線條瞬間消失了。

7 接二連三的提示

隔天清晨，優瑪四人朝著夏雨動物研究室的方向走去。

瓦歷首先在一片姑婆芋葉片上發現相同的蟲紋圖形，他將葉片割下來帶走。接著是多米在崖壁上看見藤蔓組成的圖形；然後吉奧看見天上雲絲排列出來的圖案；優瑪則是幾乎一頭撞上一張大蜘蛛網，蜘蛛用白色的粗線條建構出一張地圖。

每一張圖形都畫著相同的線條，都在同一個地方標示著記號。

「有人想告訴我們什麼。」吉奧說。

「這個星星記號裡的地點一定藏著什麼。」瓦歷看著手上的姑婆芋葉片堅定的說。

「會不會是有人想告訴我們，自治協議書就藏在這個星號地點裡？」多米激動的猜測。

優瑪看著蜘蛛網，臉上出現一種忽然明白的表情。

「是胖酷伊。是胖酷伊想告訴我們什麼。」優瑪語氣堅定的說：「他不能直接幫助我們，所以利用這種方式暗示，要我們自己去尋找。」

「是啊，我怎麼沒有想到，這些神奇的暗示只有胖酷伊精靈才做得到。誰能將路線圖藏在樹幹年輪裡、讓小蟲聽話的咬出路線蟲紋、讓星星排出圖形、讓蜘蛛織出他想要的線條？就只有胖酷伊精靈。」吉奧說。

優瑪環顧著四周，她深信胖酷伊檜木精靈此刻一定躲藏在森林的某處，用關心的眼神望著他們。

「胖酷伊，你在嗎？如果你在，請出來讓我看你一眼，讓我看看你，遠遠的看你一眼也好。胖酷伊。」優瑪激動的流下淚來。

「他不會現身的，優瑪。」多米說。

「我們知道他在附近，仍然關心我們，已經足夠了。」吉奧安慰著優瑪。

藏在心底的對胖酷伊的想念，像被攪動的湖水，又混濁起來。優瑪帶著淡淡的憂傷繼續往夏雨家走去。

當優瑪和副頭目們走遠，一棵高山櫟樹的樹梢晃動了一下，閃過一道金黃色的光束，速度快得連樹上的松鼠都沒發現。

夏雨、阿通和瓦拉剛幫山豬換完藥，正好要野放牠。剛獲得自由的山豬，情緒亢奮的衝向樹林，沒想到卻撞上剛剛抵達的優瑪和副頭目們，四個人被撞得全摔跌在地上。

「這隻豬瘋了嗎？」多米拍掉衣服上的泥土抱怨著。

「哈哈，來得好不如來得巧，你們剛好可以跟山豬道別，只是這道別的方式有點痛。」阿通在一旁調侃。

「你們怎麼來了？」夏雨問。

「有個東西要請你看一下。」

吉奧把他們發現兩棵不同樹種的樹卻有著相同的年輪，以及接二連三看見相同圖案的事情說了一遍。

瓦歷把切下的姑婆芋葉片遞給夏雨，說：「就是這個看起來很像路線圖的圖形。」

「竟然有這種事？真是古怪。」瓦拉一副不可置信的模樣。

「竟然有蟲可以把姑婆芋葉咬成這樣？真是神奇。」夏雨嘖嘖稱奇的看著葉片上的蟲紋，彷彿在欣賞一幅偉大的藝術作品。

「這是潛葉蟲的傑作。」夏雨把姑婆芋葉子放在燈光下，指著某個小黑點說：「你看，蟲在這兒呢！潛葉蟲吃葉子就像藝術家在構圖，但是，究竟是誰能控制潛葉蟲走這樣的路線？」

「從來沒見過這種怪事。」阿通蹙緊眉頭說。

夏雨看著疑似路線圖的圖案好一會兒，才走進屋裡，拿出他的手繪地圖，攤在地上，來回對照著姑婆芋葉片上的圖案，終於有所發現。

「有有有！有這個地方！」夏雨指著地圖激動的叫了起來。

所有的人蹲下身來，圍著地圖瞧。

「這個地方叫做鷹巢，是一個位於峽谷頂端的碗狀小山洞。有兩條路徑可以抵達岩頂，一條是往大峽谷，到達後再攀岩上去；另一條比較遠，比起大峽谷的路程要多走三個多小時，然後直達鷹巢。」夏雨說。「我建議走大峽谷路線比較近。」

「距離卡嘟里部落有多遠呢？」阿通問。

「從卡嘟里部落走八個小時後可以到達，但路況非常崎嶇。」夏雨說。

「有人接二連三的利用圖形來提醒我們，鷹巢那裡一定藏著和鳥蛋一樣重要的東西。」吉奧說。

「這個『人』是誰呢？你確定他是『人』嗎？他為什麼要這樣做？這個『人』也有可能把我們引到鷹巢，然後讓我們拿回一個麻煩的東西，再把部落攪得天翻地覆。那條大尾巴怪獸就是一個例子。」瓦拉說。

「只有鬼怪才有這樣的本事。」阿通同意瓦拉的說法：「不能貿然就跑到鷹巢。」

「我們懷疑這個人是胖酷伊檜木精靈。」多米說：「除了鬼怪，許願精靈也有本事做這樣的安排。」

「不管是善意還是惡意，我們都得去一趟。」夏雨看著大家說。「這種路線的暗示太明顯了。」

「我們也要去。」優瑪說。

「那段路對孩子來說很吃力，你們就在部落等我們的消息……」夏雨話還沒說完就被吉奧打斷。

「別小看我們的體力，任何崎嶇的路都難不倒我們。」吉奧說：「我們即將參加成年禮，就當作成年禮之前的體能訓練好了。」

夏雨看著眼前這四個孩子。沙書優失蹤後的這些日子，他們受到的訓練已遠遠的超越其他孩子了。

「根本就不用擔心他們，別看我兒子瓦歷像個瘦皮猴，他挺能走的，只要告訴他，鷹巢那個地方有像豬頭那麼大的種子，他就會一馬當先的走在最前面。」阿通笑著調侃瓦歷。

「那裡真的有像豬頭那麼大的種子嗎？」瓦歷信以為真。

所有人都笑了起來，瓦歷這才明白自己被父親調侃。他漲紅著臉，低頭用鞋尖踢著地上的石頭，懊惱自己又被捉弄了。

優瑪一行人準備離去時，英雄站在樹枝上朝著地上撒了一泡尿，幾個人嚇得連忙閃躲。

「英雄，你這樣很沒禮貌！真是丟臉死了。」夏雨大聲的指責英雄。

「英雄可不是隨便撒這泡尿的，你們看。」瓦歷指著地上的尿漬說。英雄的尿液在乾燥的泥地上畫出他們已經看過好幾次的路線圖案。

幾個人抬頭看著英雄，彷彿這樣盯著看，便可以看出是誰指使牠這麼做的。英雄懶洋洋的坐在樹杈上，背靠著樹幹打起盹來，毫不理會底下那些人對牠的指指點點。

「我真恨不得現在立刻飛到鷹巢，看看巢裡有什麼。」阿通激動的說。

「是啊，這一而再，再而三的路線圖暗示，讓我的好奇心沸騰起來。我的胸口此刻正滾燙著。」瓦拉按著自己的胸口，彷彿想阻止好奇心蹦跳出來。

「我們先回去向帕克里還有長老們報告這件事，明天就出發，可以嗎？我一天也不願意再等。」阿通說。

「明天清晨四點出發。」夏雨說：「大家回去準備一下。」

優瑪一行人一起離開了夏雨的動物研究室。

走過楓樹林，優瑪驚訝萬分的望著石壁上的半個太陽，有人畫上了另外半邊！

「你們看這太陽，你們看這太陽！」優瑪歇斯底里的叫了起來。已經走遠的幾個人小跑步來到優瑪身旁。

「你們看這太陽。」優瑪用顫抖的聲音說。

「這太陽怎麼了？」多米問。

「前幾天，我在這裡畫了半個太陽，今天有人把另外半個完成了。」優瑪激動的說。

「你希望有人幫你畫上另外半個太陽嗎？」瓦拉試圖理解。

「野人就是沙書優。野人真的是沙書優。」優瑪的聲音依然顫抖著。

「就憑這半個太陽？」多米皺起眉頭說。

「噢，我明白了。」吉奧不斷的點頭，說：「優瑪畫了半個太陽來測試野人是不是沙書優，如果他是，他就會完成另外半個；如果不是，就會對這半個太陽無動於衷。」

「也有可能是別人畫的。」阿通說。

「不是別人，畫太陽的手法是沙書優的，沙書優是這樣畫太陽的。」優瑪掉下了眼淚。

「是很像沙書優的手法。」瓦拉點頭同意。

「野人如果是沙書優，那他是怎麼變成野人的呢？如果他是沙書優，為什麼在森林裡跑來跑去卻不肯回家呢？」多米分析說：「所以，野人不太可能是沙書優。你看，他都已經爬上卡里卡里樹了，怎麼就不回家呢？」

「優瑪，這會不會是你先模仿沙書優的手法畫了這半個太陽，其他人看到了，也跟著模仿，所以看起來就像是沙書優畫的呢？」吉奧說。

「我知道他是沙書優，我就是知道，那天我看見他的眼睛了，我知道他是。」優瑪很堅持。

「那他為什麼不記得你呢？」多米問。

「他就是不記得我了，我也不知道為什麼，也許他生病了。」優瑪說。

「好吧！現在我們又多了一樣工作，就是把野人找出來。」阿通說：「如果明天我們到達鷹巢，結果發現野人正好就坐在鷹巢裡，手裡還拿著一張『自治協議書』，哈哈，那就太完美了。」

「爸，你可不可以不要再亂說話？」瓦歷生氣的瞪著阿通。

阿通看了優瑪一眼，收起嘻皮笑臉說：「我的意思是，如果這樣，我們就可以一下子解決所有的事，那不是太好了嗎？」

「是啊，用說的比較快。」瓦歷冷淡的回應。

幾個人經過岩石山，看見雅羅、巴那和其他三個孩子拿著石頭興味盎然的畫著另外半個太陽。

優瑪失望極了，原來是巴那這幾人的傑作。這就好像剛剛收到禮物卻被告知禮物送錯了，得收回去。

一路上，優瑪沉默不語，直到回到部落，她才輕輕的嘆了一口氣，在心裡告訴自己不要再想半個太陽的事了，那也許是個蠢點子，野人怎麼會是沙書優呢！他如果是沙書優，怎麼可能這麼靠近部落卻不回家呢！

5

山洞裡的信件

清晨四點，天色仍然一片漆黑，優瑪、吉奧、瓦歷、多米、帕克里、雅格、大樹、阿莫、瓦拉、夏雨和阿通，各自配戴著開山刀、弓箭以及獵槍，出發前往鷹巢。

走了幾個小時之後，他們眼前出現一條綿延了一百公尺長的赤裸稜脊。稜脊是一塊裸露的大岩石，只容得下一人行走，兩側是八十度斜切的斷崖，斷崖底部是一片雜木林。狂風呼呼的吹，不時發出尖銳的哨音。每當逆風獨行的時候，總是感覺特別的孤獨，所以族人把這段路取名為「孤獨稜脊」。

大樹在這頭綁妥了繩索，再拉著繩子率先走到稜脊的末端，將繩子牢牢

的綁在對面的樹上，然後揮手示意大家可以通過了。大家拉起繩子，走上孤獨稜脊，盡可能壓低身子抵抗強風，但是當大家彎著腰努力抵擋迎面吹來的強風，下一秒鐘風向驟變，大家還沒來得及挺直腰桿，強勁的風勢又從背後展開攻擊，吹得一行人往前撲倒。風勢一下向右吹，一下又往左吹，吹得一行人站不穩腳步，左右搖擺，狼狽不堪。

突然一陣怪異的強風從稜脊底部往上颳，身子較輕的優瑪、吉奧、瓦歷和多米瞬間被風吹到半空中，他們緊緊的拉著繩子尖叫起來。站在岩脊上的其他人一陣驚慌，用力扯著繩子希望把他們拉回來，但是，這是一場和風的角力競賽，風好像非得將這四個人捲到雲端似的，一點兒也沒有要休止的樣子。雅格、大樹、阿莫等人拚盡全力攥住繩子，告訴自己千萬不可以放手！卡嘟里的頭目正飄在空中啊！

「救命啊！我快沒有力氣啦！」多米尖叫著。

「千萬不要放手！多米。拜託你，不要被風吹走，誰都不可以被風吹走。」優瑪大叫著。

四個人像風箏一樣在風中飄動。一下飄到左邊，一下又飄到右邊。

就在夏雨幾乎就要被風拉起，雙腳剛剛離地的時候，風突然停了，飄在空中的四個人摔回稜脊上。

「那些神祕的暗示，肯定不是友善的，分明是要我們命喪孤獨稜脊！」多米一臉痛苦的說。

「孤獨稜脊的怪風是很恐怖的，以前有族人被怪風吹得不知去向，從此沒有回家。」瓦拉說。

瓦歷一臉蒼白，雙腳發軟，顫顫巍巍的爬起來。

阿通輕輕的拍了瓦歷的後腦勺一下，說：「沒用的小子，嚇成這樣。」

「你們為什麼不告訴我們途中有這麼可怕的孤獨稜脊？害我們都沒有心理準備。」瓦歷不悅的抱怨著。

「森林就是這樣充滿驚險與驚喜。你以為即將來臨的成年禮，我們會告訴你要走哪一條路徑登上卡嘟里山，途中又有什麼危險嗎？」阿通用教訓的口吻說著。

「優瑪頭目，你的手受傷了。」大樹關心的說。

優瑪拍拍身上的衣服，看了看手肘上的擦傷，揮揮手說：「小傷，不要緊的。」

走過孤獨稜脊，又走三個小時，他們終於來到一個峽谷的谷底。兩塊大約三幢石板屋疊起來那般巨大的岩石高高聳立著，一條溪緩緩的輕唱小調，穿越巨石間只容得下兩個人並肩行走的狹長空間，替大峽谷雄渾壯闊的景致，增添幾分靜謐優雅的柔情。

「我們要爬上去嗎？」多米疲累不堪的望著那一大片光裸的岩石問。

「當然要上去。」瓦歷說：「不然我們來這裡做什麼呢？」

「怎麼上去呀？我們又不是壁虎。」多米低聲抱怨。

「不用擔心，我們是有備而來的。」夏雨邊說邊拿下背包，從背包裡取出一捆繩子、掛勾和吊環。

瓦拉和阿通在身上綁妥安全繩索。

「我們先上去，放下繩梯後，你們再爬上來。」阿通說。

瓦拉和阿通小心翼翼的攀上岩頂，費了一番工夫固定繩梯，放下梯子，讓在峽谷底部等候的優瑪等人一個接一個的爬上繩梯。

岩頂有一個形狀怪異的弧狀巨石，就像一個缺了口的碗狀山洞傾倒在岩石上。山洞旁有一棵樹，樹的形狀就像一個大鳥巢，因此族人才將這個地方取名為鷹巢。

所有人都爬上岩頂，陸續進入山洞查看。山洞裡異常乾淨，清楚顯示出有人居住的跡象。角落有一個用石頭堆砌的爐灶，地上散落著木柴，還有動物的骨頭和獸皮。阿通在角落發現一把開山刀及一副弓箭。

帕克里拿起弓箭，仔細的檢查。

「的確有人住在這裡。還是我們熟悉的人，這副弓箭的製作方法是卡嘟里族人特有的手法。」帕克里神情激動的說。

「難道野人真的是沙書優嗎？」阿通懷疑的看著山洞裡的東西。

「優瑪，你快過來看！」吉奧驚訝萬分的叫著。

一疊厚厚的信件整齊的壓在一塊扁平的石頭下面。吉奧搬開石頭。優瑪用顫抖的雙手查看這些信件。信件大多褪色了，有些還因為被雨淋溼後曬乾，紙質顯得皺巴巴的。沙書優失蹤之後，優瑪幾乎每天給沙書優寫信，交給胖酷伊射到卡嘟里山山頂。這裡的每一封信都被拆開來讀過了。優瑪隨手取出一封，讀著信裡的內容：

親愛的父親：

你好嗎？此刻外面下著大雨，你在安全的地方躲雨嗎？

今天我給了吉奧、瓦歷和多米副頭目的職務，因為部落裡要處理的事情太多，我需要他們的幫忙，他們很有能力，幫我想了很多好點子。自從你離家之後，還好有他們陪著我度過許多寂寞的日子。

我相信你回來後，也會同意我的做法。

父親，希望你能快點回來。

想念你的女兒　優瑪

信的空白處，有人用黑炭畫了三個小太陽圖案。

優瑪眼淚流了下來，這是沙書優，是沙書優！信紙上的太陽、以及岩石上的太陽統統都是沙書優畫的。

優瑪再抽出其他信件，發現每一封信的下方都畫了三個太陽圖案，這代表什麼意思呢？表示他讀過信了嗎？

山洞口突然被陰影遮住，洞裡光線暗了下來，大家轉頭往外瞧。

所有人都愣住了！那個野人扛著一頭山豬站在洞口，也被洞裡的人嚇得愣住了！

野人和洞裡的人對望了幾秒鐘後，甩下肩上的大山豬，轉身就逃。

帕克里等人立刻追上去。

「別讓他跑了！攔住他，快快快！」帕克里叫道。

優瑪、吉奧、瓦歷和多米也追了出去。

只是一眨眼的工夫，野人一溜煙就不見了。

「鷹巢左側是剛剛上來的懸崖，右側是森林，野人不會從懸崖上往下跳吧？」瓦拉說。

「你看過他從卡里卡里樹上飛下去的樣子吧！」大樹說。

「看過。」瓦拉說。

「那你還懷疑他不會往下跳嗎？」

瓦拉看了一眼懸崖，說：「但是，這真的很高耶！」

沒多久，帕克里、阿莫、雅格和夏雨從右側森林回到洞口。

「他從森林逃走了。」雅格說。

「他像隻矯捷的野兔，我們根本就追不上。」帕克里喘著氣。

「他會回來嗎？我們要不要在這裡埋伏？」吉奧問。

山豬尖銳的嚎叫聲中斷了大家的對話，他們全走到四肢被牢牢捆綁的山豬身旁。

「要把牠放了嗎？」瓦歷問。

「山豬是野人抓到的，我們沒有權利這樣做。」帕克里說。

「如果野人受到驚嚇後，從此不回來，這隻山豬該怎麼辦？」夏雨說。

「但是，我們也沒理由把山豬放了或扛回部落占為己有。」瓦拉說。

大家看著優瑪和帕克里，希望他們能做出決定。

「他會回來的。我們先把豬留下，幾個人假裝下山，然後下切到溪谷，再爬繩梯上來，其他人則埋伏在這裡，我們要抓到野人才行。這個野人……」帕克里停頓了一下，看看大家之後說：「野人很像沙書優。如果他是沙書優，那將是天神送給卡嘟里部落最珍貴的禮物；如果不是，野人也需要幫助，卡嘟里部落可以收容他。」

「如果野人一直沒有出現呢？」大樹問。

「那麼，我們就把豬放回森林裡，牠不屬於我們。我們需要豬，得靠自己去戰鬥。」帕克里說。

大家都同意帕克里的提議，雅格、大樹、吉奧、多米、阿莫和瓦拉假裝下山，他們知道野人藏身在某個隱密處觀察他們。優瑪和瓦歷躲藏在右側森林靠近山洞的灌木叢裡。帕克里、夏雨和阿通則在山洞附近埋設一些簡單的陷阱，如果野人發現有人埋伏而衝向森林，這些東西可以暫時阻擋他的去路。

布置完陷阱後，阿通鑽進優瑪和瓦歷躲藏的灌木叢裡，帕克里和夏雨則躲在更遠一點的矮樹叢裡。

他們無法預測野人什麼時候會回來。大家安靜的等候，就算要熬過漫漫長夜，也都毫無怨言。因為他們等候的這個人，很有可能是失去記憶的頭目沙書優。

雅格一行人往下山的方向走了兩個小時，之後，下切到溪谷，再沿著溪谷往上走，到了大峽谷底部後，攀爬繩梯來到峽谷頂端，收起繩梯，然後躲藏起來。

大樹爬上山洞旁那棵樹，躲藏在高高的樹叢裡，那個位置視野遼闊，哪邊有風吹草動都能一目了然。

吉奧和多米則是擠進優瑪和瓦歷躲藏的灌木叢裡。

風呼呼的吹，強勁的風勢吹過峽谷頂部時發出尖銳的哨音，捲起地上的落葉。

晚霞的色彩染上了淺淺的灰，逐漸失去光澤，色彩愈來愈深沉，最後完全被緊隨而至的夜色給吞沒。

天黑了，氣溫跟著下降。

優瑪、吉奧、瓦歷和多米緊緊的擠在灌木叢裡相互取暖。阿通脫下身上的外套，披在優瑪身上，再打開背包取出一件背心遞給多米。

「穿上吧！夜晚會愈來愈冷。」阿通溫柔的說。

時間一分一秒過去，優瑪四人和阿通擠在小小的空間裡，過去的記憶像泉水一般從腦海裡湧出。

沙書優失蹤的這一年多來，森林裡不斷發生一些奇怪的事，優瑪和族人們不斷的進出森林，不斷搜尋，不斷從驚險中解決危機；現在他們躲藏在低矮的灌木叢裡，等待疑似沙書優的野人再度現身。

角鴞、山羌以及眾多昆蟲在各自所屬的位置，發出自在的聲音，組合成一曲動聽的森林合奏曲。優瑪意識到，當自己關閉其他感官，只打開聽覺，便會發現夜裡的森林一點也不寂靜，反而熱鬧非凡。

四肢被捆綁的山豬躺在山洞口，不時發出淒厲的尖叫聲，彷彿在求救。

一隻水鹿來到樹下，不斷的吸著鼻子，嗅到了不屬於森林的氣味，牠轉動著眼珠子，彷彿雙眼已經穿透黑夜，瞧見躲藏在矮樹叢與灌木叢裡的不速之客，並警覺的轉身快步奔向樹林。

9

野人真面目

經過漫長的等待，優瑪和副頭目們覺得又累又睏，他們挺直的腰和脖子漸漸彎垂下來，禁不住睡神的誘惑，開始打起瞌睡。

躲在樹上的大樹機靈的觀察四周的動靜；半蹲在矮樹叢裡的帕克里目光的在黑夜裡搜尋；全身披掛著樹枝及雜草將自己偽裝成一棵樹的夏雨，靠在樹幹上，強打起精神，豎起耳朵，只要野人在一百公尺的地方踩碎一片枯樹葉他都能聽見。千萬不可以睡著，因為只要一個恍神就會讓野人在眼皮底下溜走。

群山的剪影靜默得像一頭匍匐在天邊蓄勢待發的獸，等待著晨光現形的時刻。

峽谷頂端出現了動靜。

一個黑影緩緩在鷹巢附近的樹林移動，腳步非常非常輕。黑影小心翼翼的一邊觀察周遭環境，一邊走向山洞，他警覺的走著，不時朝身後張望。他擔心那群已經離開的人會再回來，或者留了幾個人守候在附近。

回來是非常冒險的，但是他非回來一趟不可，他得帶走放在山洞裡的重要東西。希望那群人只帶走山豬，不要把那些信件給帶走。他認得信上的字跡，很熟悉，但是想不起來曾經在哪裡見過。這些信的收件人沙書優一直沒來收信，散得到處都是，既然自己撿到了，就是信的主人。他喜歡那些信，喜歡閱讀那些信，那個優瑪真是個可憐的孩子，希望她的父親能夠早日回家與她團聚。

野人來到洞口，他走向山豬，拔出刀子，俐落的割開綁住山豬四肢的繩子。用力揮手吆喝著：「走。」

山豬被綁了一整夜，體力透支，牠緩緩的起身，搖搖晃晃的消失在樹林。

野人走進山洞。

躲藏在樹上的大樹覺得此刻是最好的機會，他輕輕的搖晃樹枝，做出包圍的手勢。一下子工夫，眾人靜悄悄的來到山洞口，瓦拉、阿莫、大樹和夏雨手上握著繩子，所有人都進入戒備狀態，只等野人衝出來，就可以馬上逮住他。

野人走到角落，發現壓在石頭下的信不見了，他慌張極了，翻找著山洞裡的每一顆石頭。不見了，一封信也沒有。野人轉身的那一剎那，看見一道人牆堵在洞口。

他被困在山洞裡了。

野人與人牆相互凝視戒備著，誰也不願先採取行動。

野人的眼睛骨碌碌的轉動著，一時之間不知如何是好，他只是疑惑，這群人到底想做什麼呢？

所有人看起來就像展示人類的生活狀態的雕像，有的在洞內，有的在洞外。一隻鷹飛過鷹巢，轉頭看了這群一動也不動的雕像一眼，雖有疑惑，卻也不想發表意見，悄然無聲的飛離。

天漸漸亮了。

野人移動一下腳步，洞口的人也動了一下。就這樣彼此戒備著，僵持了十分鐘後，野人冷不防的大喝一聲，奮力的衝向洞口，卻被洞口的人牆擋了下來，野人力大無窮，幾個年輕力壯的年輕人費了好大的勁才將他制服。

野人坐在地上，身上纏繞著一圈圈的繩索，憤怒的瞪著每一個人。

「請你別生氣，也別擔心，我們沒有惡意，不會傷害你，我們想要幫助你。」帕克里蹲在野人面前說。

野人把頭轉開，他看起來非常生氣，拚命的想掙脫繩索。

一直站得遠遠的優瑪，走到野人面前，看著野人的眼睛。他的眼睛雖然充滿憤怒，卻無法掩蓋原本清澈機靈的眼神。

「你是沙書優嗎？我是優瑪，你記不記得我？」

野人看著優瑪，激動的情緒漸漸緩和下來。他看著優瑪，腦子裡跳出許多疑問：「她就是優瑪，是那個寫信的女孩，為什麼她看起來那麼眼熟呢？為什麼她叫我沙書優呢？我又不是。」

「把他的鬍子剃掉，讓我們看看他是誰。」阿莫說。

野人聽到這句話，立即掙扎反抗起來，他用力的轉動頭顱不讓別人碰觸。

「小心一點，千萬不要弄傷他。」優瑪叫了起來。

阿通按住他的頭，夾在腋下，才讓野人乖乖就範。

雅格小心的用小剪刀剪下野人糾結成一條條的頭髮，接著再剪下他雜亂的髒兮兮的鬍子。

野人的臉型及輪廓漸漸清晰起來。

「沙書優頭目！」大家齊聲叫道。

沙書優的臉型明顯瘦削，額頭及下巴各有一道明顯的傷疤。

「沙書優，你真的是沙書優！」帕克里難掩激動的叫了起來。

「爸爸，我是優瑪呀！你看清楚，我是你女兒啊！」優瑪哭叫著。

沙書優顯然並不記得他們，他仍然努力的掙扎著。他要離開這裡，逃離這群危險的人。但是那個小女孩，怎麼這麼熟悉呢？為什麼他的目光無法離開那個小女孩呢？她是誰？她為什麼哭了？

「沙書優頭目，你不記得我們了嗎？」多米看著沙書優充滿期待的問：「你也不記得優瑪嗎？」

優瑪淚流滿面退得遠遠的，她朝思暮想的沙書優就在眼前，但是他完全不記得她。

「他不記得我們了。」多米傷心的說。

「沙書優頭目的頭部及下巴受過傷，他的手臂也有疤痕。看來他是失去記憶了。」阿莫說。

「優瑪頭目，我們得給沙書優頭目一些時間復原，他受過傷，短期內大概都不會記得誰是誰了。」夏雨安慰優瑪。

「天神保佑，我們的沙書優頭目平安無事。」雅格一邊拭去眼角的淚水，一邊說。

「是啊，回來就好，他遺失的記憶，我們再慢慢幫他找回來。」阿通說。

「我們帶他回家吧！他會好起來的。他需要幫助。」帕克里看著優瑪說：「為了不讓他逃走，我們得這樣綁住他。」

優瑪點點頭表示明白。

沙書優突然用力的扭動身體站起來，作勢往山洞裡頭衝。

「他是不是想拿回什麼東西？」大樹說。

阿莫和阿通帶著沙書優走回洞穴裡，沙書優慌張的四處尋找著什麼。

「你是不是在找這個？」優瑪將懷裡的一大疊信件舉到胸前。

沙書優吼叫著衝向優瑪，想要取回信件。

「還給你，你不要激動，這些本來就是寄給你的，是你的東西，我把它們還給你。」優瑪將信件塞進沙書優胸前的繩索裡。沙書優情緒平穩下來，安靜的跟著大夥兒下山。

經過岩石山時，阿克斯見到帕克里一群人，神情輕鬆的打招呼：「嘿，鷹巢裡有什麼呀？」接著看見沙書優，他愣了一下，不確定自己眼睛看到的，趨前想看得更清楚一點。這下他看清楚了，也震驚極了！

「這……這是……這不是沙書優……頭……頭目嗎？」

阿克斯的反應讓帕克里笑了起來：「沒錯，他是沙書優。」

「為什麼把他綁起來呢？」阿克斯不解。

「野人就是沙書優，沙書優就是野人，但是野人並不知道自己是沙書優，不綁起來他會逃走。」阿通搶著解釋。

「沙書優為什麼不知道自己是沙書優？」阿克斯還是不明白，他看著沙書優問：「頭目，我是阿克斯，你認不認得我？」

沙書優面無表情的望著阿克斯。

「他不認得我。」阿克斯失望極了。

「沙書優頭目受過重傷，遺失了一些記憶，他會好起來的，別擔心。」帕克里說。

帕克里一行人終於踏上部落小徑，族人們紛紛出來迎接．看見失蹤的沙書優，他們和阿克斯的反應一樣，震驚、驚喜、不解，最終停留在驚喜，沙書優頭目終於平安回來了。

族人們奔走相告。

沙書優頭目回來了。

沙書優頭目回來了，但是他不記得自己，也不記得我們。

沙書優頭目回來了，他把記憶遺失在森林裡。我們要幫他把記憶找回來。

寂靜的部落一下子喧騰熱鬧起來。優瑪家聚集了大批的族人，大家都很想知道這一年多沙書優究竟是怎麼過的。優瑪把族人們一個個勸回，因為沙書優不記得自己，也不記得別人，一句話也沒說過。

以前奶奶走到沙書優面前，仔細的看著他，就像在檢視一件藝術精品。

「我這幾天做的菜你吃得太少，才會這樣面黃肌瘦，你昨天不是想吃竹筒飯嗎？我做了七個呢，兩個給我和優瑪，剩下五個都是你的，你可要吃完才行。」以前奶奶說完後，覺得沙書優看起來很不對勁，才發現沙書優被綁起來了，她大叫：「嘿，這樣綁著他怎麼吃飯！」

優瑪摟著以前奶奶的肩膀。「姨婆，你先去看看竹筒飯，不要烤焦了。等一下我們就去吃飯了。」

「也對，要看著，不要烤焦了。」以前奶奶匆匆離開。

接下來要面對的問題，難倒大家了，該怎麼安置沙書優呢？

「不能一直這樣綁著他吧？」雅格說。

「他不知道自己是誰，逮住機會他就會逃走。」瓦拉說。

「他有自己的房間，我們把門鎖起來。」優瑪說。

「這一年在山林裡求生，讓他變得像熊一樣敏捷且力大無窮，區區一扇門怎麼擋得住他？」帕克里說。

「總不能把他關在獸籠裡吧。」夏雨說。

「絕對不行！」帕克里立刻否決。

「讓他住在自己的房間，然後，我們輪流守在房門口，這樣也許能幫助他恢復記憶。」阿通說。

「這方法我同意。」優瑪說。

帕克里也點點頭：「暫時這麼辦吧！」

「我們得幫沙書優頭目洗個澡，恢復他帥氣英挺的面目。」大樹說。

大樹、瓦拉、阿莫和夏雨四個人架著沙書優進入優瑪家的浴室。

沒多久，浴室裡傳出劈里啪啦的碰撞聲以及沙書優掙扎的怒吼聲。

當乾乾淨淨的沙書優從浴室出來時，優瑪一度以為他從來沒有離開過。和以前的每一天一樣，洗完澡的沙書優等會兒就會坐在屋簷下那張籐椅上，點燃菸斗上的菸，凝望遠山，思考著某一件等待解決的事。

沙書優被反鎖在自己的房間，優瑪、阿通和夏雨坐在門口，他們提高音量交談著。

「夏雨，你記不記得那次滿山都是猴子的景象？」阿通大聲說。

「我當然記得，不知道哪裡來的猴子，牠們可把我害慘了，玩壞了我好幾部紅外線體溫偵測照相機。我和沙書優頭目討論了很久，這些猴子可能是從皮雅米山遷徙過來的，聽說那裡的森林濫伐的情況很嚴重，不久前還傳出火災。」夏雨說。

阿通故意對著門縫大聲的說：「沙書優頭目，沙書優頭目，你就是沙書優頭目，別懷疑。你記不記得你為了這些猴子，還開了三次會議？」

房間裡沒有半點動靜。

「要是你不記得猴子，一定還記得你有個叫優瑪的女兒吧！」阿通說。

「你那個女兒整天都在雕刻，任何時候看到她，頭髮和衣服上永遠黏著一些木屑。」夏雨說。

「你的女兒優瑪將來一定是個了不起的頭目。」阿通說。

「她現在已經是了。沙書優頭目，在你離開的這一年多的日子裡，你的女兒變了好多呢。」夏雨說。

阿通和夏雨將耳朵貼在門上，聽著房間裡的動靜。

「沙書優頭目，我是獵鳥人阿通啊！不過我現在已經不再抓鳥了。你不在的日子發生了好多事呢！」阿通說。

「阿通不再獵鳥了，真是一件好事啊！你知道他為什麼不再獵鳥嗎？哈哈哈，因為他向扁柏精靈許願，希望我變成一隻胖得飛不起來的冠羽畫眉，哈哈哈，結果……結果……他反而自己變成一隻胖得飛不起來的畫眉鳥……笑死我了！」夏雨捧腹大笑。

阿通尷尬的傻笑：「這件事……哈，往事，一樁往事罷了，哈哈。」

「阿通變回人類之後，就不再抓鳥了，現在跟著我做調查，是我的得力助手。」夏雨說。

沙書優的房間裡依然沒有半點動靜。阿通和夏雨感到失望。

「他需要時間和刺激才會清醒。」夏雨說。

野人突然憤怒的拍著門板，發出怒吼。

夏雨從門縫底下塞進幾張沙書優和優瑪以及其他族人的合照。

「沙書優頭目，你看看這些照片。你就是沙書優，是卡嘟里部落的頭目。」

野人安靜下來，他拿起照片，看了兩眼便扔在書桌上，他完全不認識照片裡的每一個人，門外的那些人說他是沙書優，根本就是胡說八道。野人用力的拍著門。直到拍累了，才坐回書桌前。

「總算盼到他回家，他能回家真是太好了。」阿通愈講愈激動。

烏娜和掐拉蘇來了，其他族人也陸陸續續來了。他們站在屋外的窗戶往房裡窺看，看到的是一個熟悉卻又陌生的沙書優。他呆滯的坐在書桌前，手裡抱著優瑪寫的信，雙眼怒瞪著每一個來探視的族人。

大家的心情從驚喜變成驚恐，再慢慢平復成希望與喜悅。他們堅信，只要沙書優回來，一切都會變得更好。

10 甦醒

屋外傳來山羌的叫聲，以及貓頭鷹的咕咕聲。

沙書優突然焦躁不安起來，他走到窗邊，望著漆黑的天色，不安的在房間裡踱步，彷彿有誰在漆黑的夜裡向他招手。他轉動門把卻轉不動，他感到十分憤怒，不想再被困在這個小空間裡，他想回到自由的森林。

沙書優再度用力的轉動把手，還是轉不動，於是他試圖用肩膀把門撞開。

「糟了，他撞門了，這扇門根本關不住他！」門外的阿通大叫。

「我們一起擋住他。」夏雨和阿通同時用身體壓住門板。

巨大的撞門聲把優瑪和以前奶奶給吵醒，她們來到沙書優房前，正好看見沙書優撞破門板，而倒下來的門壓住夏雨。

阿通見狀立即一個大彈跳撲向沙書優，把他壓制在地上。沙書優用手肘攻擊阿通，結實的打中阿通的鼻梁。阿通痛得翻過身，按住流血的鼻子。夏雨使勁推開壓在身上的門板，門板恰好撞上想往外衝的沙書優。沙書優後退兩步，大手格開門板，整個人衝向夏雨。

夏雨明白自己並不是沙書優的對手，赤手空拳根本對付不了已經具有熊的力量的沙書優。他將頭埋進沙書優的腹部，雙手緊緊環抱住沙書優的腰，任由沙書優不停的抓他、打他、拍他、咬他。夏雨就像緊緊纏繞在樹幹上的藤蔓一般，無論樹幹怎麼使勁也無法將他甩脫。

「沙書優頭目，無論如何我都不會再讓你逃走，你打我吧！我不會放手的。」夏雨忍痛叫嚷著。

阿通擔心夏雨撐不了多久，自己的鼻子又痛得不得了，他覺得沙書優需要冷靜下來，就讓他睡一下吧！

「對不起了，沙書優頭目。」

阿通高高舉起地上的門板，用力的往沙書優的頭上砸下去。

「阿通，住手！」優瑪大叫。

「沙書優，你們要當好孩子，不可以打架呀！」以前奶奶雙手摀著臉，眼睛從指縫間偷看。

門板砸下的那一瞬間，時間彷彿靜止了，山羌和貓頭鷹不再發出聲音，沙書優像木雕一般杵著。

幾秒鐘之後，沙書優舉起右手撫摸著被撞擊的頭部。他的眼睛充滿驚訝、不解，他疑惑的看著阿通。夏雨鬆開環抱著沙書優的雙手，後退了兩步。

「沙書優頭目？」夏雨感覺不對勁，試探的喚了一句。

「糟了……把他給打傻了。」阿通不知所措的說。

優瑪來到沙書優面前，拉著他的袖子，輕輕的搖了兩下：「爸爸。」

沙書優茫然的看了優瑪一眼後，整個人直直往後倒下，昏了過去。

幾個人七手八腳的將沙書優抬上床。

「糟糕了，我不應該這麼做的，萬一沙書優頭目……」阿通自責得說不下去。

「他只是昏過去，沒事的。」優瑪安慰著阿通。

「沙書優很強壯，他受得住這一擊的。」夏雨揉按著自己的腰，希望能緩解疼痛。

夏雨把門板給修好，阿通替自己的鼻子做了簡易的包紮。

優瑪守在沙書優床邊度過了漫長的一夜。陽光照到沙書優的書桌時，沙書優仍然沉睡著。

太陽走到卡嘟里部落正中央，沙書優還沒有醒來。

太陽下山了，在西邊的山頭留下一片炫麗的橘紅，沙書優睡得像個嬰兒。

憂心忡忡的優瑪請來掐拉蘇。

掐拉蘇帶著雅安娜來到沙書優床前。掐拉蘇看著沙書優，雙手懸空平舉，開始在沙書優的身體上方移動，嘴裡唸著咒語，皺起眉頭，拿出占卜葫蘆，開始占卜。

掐拉蘇閉著眼睛，右手壓著一顆神珠在葫蘆上不斷的滾動，嘴裡不停的唸著什麼，一下子皺眉、一下子搖頭、一下子又恍然大悟的點點頭。

占卜結束後，掐拉蘇對優瑪說：「沙書優暫時離開他的身體，去尋找遺失的記憶，沒事的，耐心等候，他很快就會醒來。」

沙書優繼續沉睡了一天。第三天中午，沙書優睜開眼睛，剛好前來探望的夏雨、阿通和帕克里全都一個箭步撲向前，將沙書優壓在床上。

「快點，沙書優頭目醒來了，快點把他綁起來！」阿通大叫著。

優瑪轉身去拿繩子時，聽到沙書優說：「你們在幹什麼呀！快放開我！」

優瑪一聽，走到床前激動的說：「不用綁了！爸爸醒了，他醒了！」

「太危險了，優瑪，他會逃走的，先綁起來。」夏雨急促的說。

優瑪只好拿來繩索，阿通三人合力將沙書優綁在床上。

「放開我，你們幹麼把我綁起來呀！」沙書優掙扎著說。

「我們是在保護你，沙書優頭目。」阿通說。

沙書優看見優瑪，表情著急的說：「優瑪，快幫我解開繩子。」

「爸爸！」優瑪驚訝極了，不相信自己耳朵聽到的：「你認得我了嗎？你認得我了，是不是？」

「傻瓜，你是優瑪，我怎麼會認不得你呢？」沙書優說：「你們幹麼把我綁起來？」

「沙書優頭目，你知道我是誰嗎？」阿通瞪大眼睛，指著自己的臉問。

「傻瓜，你是阿通，我怎麼會不知道。」沙書優哭笑不得的說。

「快解開他！他真的醒了。」帕克里動手解開繩子。

被鬆綁後的沙書優下了床，他伸著懶腰，覺得腰痠、頭也疼。

沙書優看著阿通，不解的問：「阿通，你幹麼拿門板砸我？還有你，」沙書優指著夏雨，「你幹麼那樣用力抱著我？差點把我的胃掐成兩半。」

沙書優想起兩天前的事了。

「沙書優頭目！」阿通和夏雨淚眼模糊的喊著。

「砸得好哇！阿通，你把我們的頭目給砸醒了。」夏雨拍拍阿通的肩膀。

沙書優痛苦的摸著頭，喃喃說著：「這到底是怎麼一回事？我得好好的想想。」

「爸爸，慢慢來，你會想起來的。」

優瑪牽著沙書優的手走向客廳，以前奶奶則到廚房煮了小米粥。

喝了熱粥的沙書優，慢慢恢復了記憶。

他想起了一些片段，獼猴峭壁、孤絕花、墜落，流浪、竹林、烏達卡拉部落……沙書優的眼睛睜得又圓又大，他想起他在熊森林遇見帕克里時的震驚！當時他覺得自己認識眼前這個人，但是又不知道他是誰；他記得自己站在卡里卡里樹上，看見優瑪的雙眼，他記得那雙眼睛，但是他不記得她是誰。這些記憶都曾經讓他感到痛苦。

沙書優再度舉起右手撫摸頭部：「好像作了一場很長的夢。」

「你能醒過來真是太好了。」帕克里緊緊握著沙書優的手激動的說。

「如果不是我的頭還痛著，我會以為自己從來沒離開過呢！」沙書優說。

「在森林裡流浪的日子痛苦嗎？」阿通問。

「不，在森林裡流浪的日子不比你用門板砸我的腦袋痛苦。」沙書優笑著調侃阿通。

阿通尷尬的傻笑。

「不過，阿通，你砸得真好。」沙書優說：「身為一個野人，你們是這樣形容我的，對吧？我每一天都過得很自由自在，很快樂。但是，內心深處好像有一個什麼東西梗著，常常刺得我心痛。」

「還好你回來了，否則你會變成卡嘟里部落歷史裡的傳奇人物，不僅力大無窮，還會飛。」優瑪笑著說。

「我才不夠格成為卡嘟里部落的傳奇人物，胖酷伊才是吧。咦，說到胖酷伊，怎麼都沒見到他呢？」沙書優四下張望並且呼叫著：「胖酷伊！」

優瑪眼神黯淡下來：「他走了。」

「走了？去哪裡？這裡是他的家呀！」從沙書優的表情看來，胖酷伊的離去比想起自己變成野人的遭遇更讓他感到震驚。

「這裡不是他的家，森林才是。」優瑪說。

優瑪把胖酷伊變成胖酷伊檜木精靈的經過說了一遍。

沙書優一把將優瑪摟進懷裡：「天哪！我的優瑪，你一定很難過，你失去了一個兄弟。」

「別擔心，爸爸，我已經沒事了。胖酷伊終究不屬於這裡。我感謝他陪了我六年多的時間，這些年和胖酷伊生活得很快樂，希望他回到森林後也會過得快樂。」優瑪說。

「你變得不一樣了，優瑪。」沙書優欣慰的看著女兒。

「這一年裡發生了好多好多事，優瑪是個了不起的小頭目。」帕克里讚賞的說。

「真的？你不再是那個整天埋首在木頭堆裡雕刻的小女生了？」沙書優調侃的問。

「還是啦！」優瑪不好意思的說。

「告訴我，我不在的這些日子裡，究竟發生了哪些事吧。」沙書優說。

優瑪站起來說：「我把每件事都記錄下來了。」

優瑪和沙書優走到雕刻室時，帕克里、阿通和夏雨離開了優瑪家，他們得去告訴部落所有的人，沙書優醒來了。

雕刻室的牆上斜倚著許多大大小小的浮雕、立體木雕作品，按照事件發生順序排列。優瑪和沙書優站在一件大型浮雕前，上頭刻著幾乎就要斷裂的岩石、大黑熊惡靈及從陶壺上四散逃竄的蛇。

「岩石山突出的那塊岩石被雷擊出一個大裂縫，如果岩石崩落，就會壓垮部分房屋，以及一棵卡里卡里樹。這個是大黑熊惡靈，牠為了搶救兩隻被獵人帶走的小熊，把部落攪得天翻地覆，不僅將部落裡的蛇、陶壺上的蛇都誘拐出走，還企圖將我們所有人關在假的迷霧幻想湖裡……」優瑪逐一向沙書優說明。

沙書優走到另一件大型浮雕前，浮雕裡有一隻非常顯眼的大尾巴巨獸，以誇張的姿勢穿越森林，森林裡的樹木、動物以及部落族人，也以誇張的表情與動作閃避。

「這隻大尾巴怪獸可把我們嚇死了！」優瑪說。

優瑪說著，沙書優聽著，他的眼裡漸漸盈滿了淚水，心裡有說不出的心疼。因為自己莫名其妙的失去記憶，回不了家，才會讓還不滿十二歲的優瑪承受這麼重的擔子！

優瑪最後才跟沙書優提起，國家寄來一封信，聲稱協議的自治時間已經到期，國家要收回森林和部落。

沙書優聽完，摸著頭，一臉痛苦的說：「我記得有這份自治協議書，但是，我的頭現在痛死了，想不起來放在什麼地方。別擔心，我一定會想起來的。」

沙書優準備了祭品和小米酒，帶著優瑪和以前奶奶來到祖靈屋。他熟練的擺妥祭品、斟了酒，態度恭敬的說：

「敬愛的祖先們，我是沙書優，我平安回來了。感謝你們在我離開部落的日子，看顧並訓練我們的子孫優瑪成為一個有擔當和責任心的頭目繼承人。經過這些日子的磨練，她長大了，也成熟了。我想我可以完全交出頭目……」

優瑪打斷沙書優的話：「不，不，千萬不要同意沙書優這麼做。這一年多我代理頭目的職務，真是累死了。讓我好好休息，我要完成的木雕作品實在太多了。還有，我要去森林裡尋找傳說中的神奇樹種，用那種樹材雕刻，聽說會有神奇的變化……」

「優瑪，」沙書優轉頭看著優瑪，故意皺起眉頭說：「我以為你真的長大了，怎麼還這麼愛玩……」

優瑪回贈沙書優一個調皮的微笑。真正強壯的大樹回來了，她這株假裝是大樹的小草，可以恢復成只需要陽光、空氣和水的小草，不需要提供樹蔭給人們休憩，不需要讓鳥兒、蟲兒倚賴。有大樹的庇蔭，她要做一株快樂的小草。

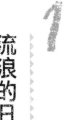

11 流浪的日子

曙光初現，餐桌上擺著熱騰騰的小米粥、番薯餅，以及山豬肉腸，沙書優、優瑪和以前奶奶享用了一頓豐盛的早餐。

「令人想念的家鄉菜。」沙書優一臉滿足的拿起一塊番薯餅，細細的嚼著，番薯的香濃氣味在舌尖流連不去。「幸福就是這麼簡單！一碗熱騰騰的小米粥，兩塊香酥的番薯餅，還有一張舒服乾淨的床。」

「爸爸。」優瑪望著沙書優，心疼他這一年多流浪在外的日子，沒一夜好睡、沒一頓好吃。

「哈哈，流浪的日子當然沒有家裡舒適，但是，非常逍遙呢！」沙書優爽朗的笑著。

「沙書優，頭目可不能這麼逍遙！你吃完早餐得去修理卡里溪橋，橋壞了很危險呢！」以前奶奶說。

「卡里溪橋壞了嗎？」沙書優問。

「橋沒有壞。姨婆的記憶大錯亂了，你失蹤前半年，右邊的扶手被阿克斯從山上扛回來的一根木頭給打壞了。那次之後，橋就沒有壞過。」優瑪對沙書優解釋。

沙書優理解的點頭。

沙書優穿戴整齊，容光煥發的和優瑪走上部落小徑，向部落裡的每個族人熱情的打招呼。

許多族人等不及沙書優來到自己家門前，才一下子工夫，全部人都聚集在部落小徑，爭相看看他們想念的頭目。他們抱他、握他的手、親他的臉頰，毫不掩飾的用哭泣表達自己的想念。

優瑪遠遠的看見吉奧、瓦歷和多米，她開心的邊跳舞邊朝他們揮手。

「沙書優頭目，歡迎你回來。」吉奧禮貌的說。

「你能平安回來真是太好了。」多米說。

「我們都相信你一定會回來。」瓦歷說。

沙書優面帶微笑的看著這三個孩子。

「謝謝你們這麼照顧優瑪，在她最感寂寞的時候陪著她，謝謝你們。」

太多人想和沙書優說話，他很快的又被別人拉走了。

「恭喜你，優瑪。」吉奧誠懇的說。

「是啊，我們終於可以去尋找怪怪古卡樹了！」瓦歷說。

「我聽說更高的山上長了一種苧麻，用那種麻繩編織的毯子，可以飛上天耶！」多米說。

「你從哪裡聽來這樣奇怪的傳說？」優瑪問。

「不如我們去頭目書房查查，看看是不是真的有紀錄。」瓦歷提議。

「沙書優回來了，優瑪代理頭目的職務解除了，我們也不再是副頭目，再也不能進出頭目書房了。」吉奧說。

「不用查頭目日記。一定有這種苧麻，卡嘟里森林本來就無奇不有。」多米肯定的說。

優瑪的臉色沉了下來，她說：「但是這個無奇不有的森林和部落，眼看就要交給國家了。」

「沙書優知道這件事了嗎？」吉奧問。

「我已經跟他說了，他今天會找帕克里和部落長老開會。」優瑪說。

優瑪、吉奧、瓦歷和多米同時把目光望向人群，正好看見沙書優和帕克里兩個人握著手，緊緊的握著，眼裡閃著淚光。

「你能回來真是太好了，太好了，太好了！」伊芬妮哽咽的重複說著，彷彿她這輩子只學會說這句話。

沙書優只是不停點頭，感動與激動堵住了他的喉頭，已經什麼話都說不出來了。

族人們的疑問顯現在話語間及眼神裡，沙書優為了讓大家了解自己失蹤的這一年多，他究竟去了哪裡、做了什麼，於是把族人都聚集在庭院，準備一次說明。族人們或坐或站的聽沙書優說著他這一年來的遭遇。

命運真是捉弄人哪！我怎麼也沒有想到，竟然會在自己熟悉的森林裡發生意外。那天出門前，我還跟優瑪說，我很快就回家了，誰知道這「很快」竟然是這麼漫長的時間。

所有族人目不轉睛的望著沙書優，傾聽著。

那天中午，我走了五個小時山路到了獮猴峭壁，那個地方大家都去過，峭壁的模樣像獮猴的臉，附近長著一片獮猴桃。很多人都在那裡摘過桃。除了獮猴桃之外，岩石上還長著另一種寶貝，孤絕花。這種植物從葉片、梗、花、根、莖都可以入藥，治療頭痛的效果非常好。因為它是向陽植物，吸收日照，峭壁的生長環境使得它有著堅韌無比的生命力，所以，服用濃縮了陽光和充滿力量的藥方，我們的頭痛和憂鬱自然就會獲得紓解。

那個地方我去過無數次了，但是愈熟悉的地方愈是讓人放鬆警戒，我也犯了這個幾乎讓我喪命的毛病。我信心十足的開始攀岩，就在快接近頂部的時候，我大意的一腳踩空，摔下懸崖。

住嘴巴。

「啊！」烏娜、掐拉蘇、伊芬妮和雅安娜全部同時驚叫起來，並將雙手摀住嘴巴。

從那麼高的地方摔下去還能活命，這不是祖靈和天神在保佑我嗎？我昏了過去。等我醒來的時候，天剛剛亮，我不知道昏睡了多久，也不知道自己是誰，在那裡做什麼？我的頭和下巴痛死了，手臂也擦出一大塊傷痕，我看見身邊的背包就打開來，裡面有一塊已經發霉的小米糕。現在回想，我應該是昏睡了好幾天，那塊小米糕是出發當天早上以前奶奶幫我做的點心。

我背起背包，開始了在森林裡流浪的日子。我摘野果吃，偶爾也狩獵，睡無定所。剛開始我很疑惑，我究竟是誰？從哪裡來？要去哪裡？但是漸漸的，一天過了一天，我習慣也喜歡上這樣自由自在的生活。

有一天，我看見帕克里帶著幾個族人出現在森林裡，這讓我產生危機感，我覺得寧靜的生活也許會被這群人破壞，等他們離開後，我也離開了卡嘟里山。

「你看見我們，不覺得我們熟悉嗎？」大樹問。

沙書優笑著搖搖頭：「不，當時我不僅完全不記得你們，還覺得你們是危險的。」

大家都笑了，覺得沙書優是個幸運的人。從那麼高的地方摔下來，卻還能活得好好的，只是失去了記憶。這就像他們上山，偶爾也會遺失繫在腰間的彎刀，有時候找得回來，有時候一輩子也找不到。但是都沒關係，就像彎刀沒了就用山豬牙去換一把，失去的記憶再創造就有了。

「你去過惡靈之地的漏斗狀地洞嗎？」瓦拉問。

沙書優點點頭：「那陣子我幾乎走遍整個卡嘟里森林。我在惡靈之地遊走，當時我完全不知道那裡是個禁區，只是打了個噴嚏，就被吸進地洞裡。我在那兒待了一個晚上，隨手用口袋裡的石頭畫了個太陽。後來優瑪告訴我，你們為了這個太陽，冒險進入地洞，還差一點喪命。」

這段往事勾起了大家的回憶，也想起了惹出這起事件的巫佳佳犧牲自己，救了當時被困在惡靈之地的眾人。

「真是有驚無險哪！」雅格感嘆的說。

「是啊，真是有驚無險。」沙書優停頓了一下，看著大家繼續說：

我穿越了卡嘟里山與烏達卡拉部落交界處的「熊森林」，來到滿山遍野都是竹子的烏達卡拉山。那是一個有趣的地方，我在那座山裡停留了很長的時間。我盡量不和上山工作的族人照面，但是可以很清楚判斷一些形跡鬼祟的人進入山林的意圖。

有一次，我逮住兩個傢伙，用藤蔓把他們捆綁起來，然後扔到烏達卡拉族人跟前。烏達卡拉族人對我很友善，他們不會對我吼叫，也不會追捕我，讓我自由的在竹林裡活動。

我後來才知道，他們為我編了一首童謠。

「他們說你有老鷹的翅膀，飛天遁地無所不能，力氣大得可以舉起烏達卡拉山。」多米說。

沙書優笑了起來：「哈哈，傳說就是因為誇張才顯得偉大。」

「後來呢？後來又發生了什麼事？」雅格急切的問。

有一天，有種很強大的力量一直在拉扯著我，叫我回去卡嘟里森林。穿越熊森林的時候，我突然看見一個男人往我追了過來，我一時心慌，跑離了「路徑」，那個男人也追出了「路徑」。說也奇怪，熊森林裡的動物好像把我當成牠們的成員看待，並沒有捉弄我或嚇我。那個追我的男人就慘了，他被困住。雖然我對那個人有種莫名的熟悉感，但是，不能單憑著這莫名其妙的感覺而去幫他。

我穿越熊森林，來到卡嘟里森林。有一天，我走過卡嘟里山頂，看見很多封信，有些被雨淋溼了，有些躺在岩石縫裡、有些甚至卡在樹杈上，我一一撿起這些信，一封封的讀著，深深的被那個叫優瑪的女孩感動，同情她的遭遇。我對卡嘟里森林以及部落的熟悉感愈來愈濃，不只一次進出部落，還把玩夏雨掛在樹幹上的相機。當時我不知道那是什麼，只是覺得很好玩。」

有一天，我被一股香味深深吸引，冒險走進部落，爬上樹想摘些花。那花香多麼熟悉！彷彿在很久以前我就聞過了。之後樹下聚集了一群人，企圖把我抓下來。情急之下，我只好一躍而下，成功脫逃，連我自己都感到驚訝，因為我從沒試過從那麼高的地方跳下來。

接下來發生的事，你們都知道了。帕克里帶領部落的壯丁，把我從山洞裡揪出來，剪掉我的長髮和鬍子，還把我帶回部落。如果不是阿通那要命的一擊，我不知道還要多久才能醒過來。

這麼長的時間，謝謝你們給優瑪這麼多的力量和支持，以及對我的不放棄。回家的感覺真好。

中午時分，該回家做午飯或者吃午飯了，大家仍然不願意離去，他們想聽更多關於沙書優流浪的故事。

12 遺失

深夜，優瑪和以前奶奶入睡之後，沙書優獨自來到祖靈屋。

他拿了一把鏟子，走到屋裡左側的角落，蹲下身開始剷起土來。沒多久，鏟子碰到堅硬的東西停了下來，沙書優用雙手撥去泥土，在昏暗的光線下，地裡冒出陶壺的壺口，上頭塞了一個木塞。

沙書優拔去木塞，將手伸進陶壺裡摸了幾下後，臉色大變，驚恐、慌張和不可置信同時在他臉上浮現。他移動腳步，鏟起旁邊的泥土，什麼也沒發現；他走到右邊角落，再度快速的剷土，依然什麼也沒找到。

沙書優整個人坐在地上，眼神穿透黑暗望進記憶的窗口。

他記得很清楚，幾年前，自己的的確確走到這個角落，將獸皮協議書放進陶壺裡，再用密實的木塞封起來，錯不了的！一定是有人發現了並且將它帶走。

是誰？誰會這麼做？誰會知道他把這麼重要的東西埋在這裡？是他們嗎？是國家派來的那些人嗎？

沙書優站在祖靈像前，一臉痛苦的對祖靈懺悔：「請原諒我的疏忽，這麼重要的關鍵時刻，我犯下大錯，將把部落推向可怕的深淵。祖靈啊！請你們賜給我智慧與勇氣，和平妥善的處理這件事；請保佑我們的子子孫孫能繼續在這片美麗的森林裡生活。」

沙書優離開祖靈屋，坐在屋簷下的籐椅上，望著遠方墨黑的山景，思緒也陷入深沉的黑夜之中。

清晨，東方的天空一片亮白，幾絲金黃的雲彩優雅的在空中交錯，太陽就要跳出山頭了。

沙書優站起身，雙手交握在背後，往帕克里家走去。

沙書優請來了帕克里、長老們以及大樹等年輕人，夏雨也專程趕來，還有優瑪和她的副頭目們，大家一起進入會議室開會。

「我以為我們一輩子都不用再開會了。」多米走進會議室前說。

「我們要把知道的事情說出來，提供給沙書優頭目做參考。」吉奧說。

「沙書優一定是要告訴我們，他找到協議書了。」瓦歷樂觀的說。

「只要沙書優回來了，再麻煩的事都會像阿通抓鳥那樣輕而易舉啦。」多米說。

「這是什麼爛譬喻。」瓦歷瞪了多米一眼，對她拿已經不再獵鳥的父親做比喻非常不滿。

以前奶奶穿著黑色的圍裙端著茶水走進會議室。她從圍裙口袋裡掏出一把核桃放在桌上：「誰肚子餓了，就先吃幾顆吧！」接著她就拿著托盤緩緩的走出會議室。

沙書優用凝重的目光環顧在場的每一個人後，緩緩的說：「關於那份『自治協議書』，它曾經在我手上。」

曾經？在場的每一個人都緊張起來，一顆心往上提。曾經意味著此刻已經不在了嗎？

「現在呢？難道現在不在你手上？」優瑪焦急的問。

「我想，我們現在面臨的是非常艱難的時刻。」沙書優停頓了一下說：「因為，我遺失了那份『自治協議書』。」

遺失？所有人都嚇傻了，彷彿已經看見可怕的未來。

「是的。我遺失了那份重要的文件。」沙書優說：「大約在三年前，有一群登山客經過卡嘟里部落，他們問我，為什麼卡嘟里森林可以保持得這麼美好？卡嘟里部落的居民為什麼可以這麼自在快樂的生活？他們看起來不像一般的登山客，而且問了很多問題，大多都是關於國家和部落自治。這讓我警覺到危機。於是，我將原本放在頭目書房的協議書拿出來，放在另一個我覺得更安全的地方。沒想到有人發現它，並且將它拿走了。」

沙書優輕輕的嘆了一口氣。

「這是我的錯。但我記得很清楚，文件上記載的自治時間是『永久』有效。但是沒有了那份文件證明，就等於是認同國家聲稱的四百年。」沙書優說：「他們好像已經假設我們因為時間久遠，失去了那份文件，所以跑來宣告『自治協議書』上的時間是四百年，今年剛好到期。如果我們真的沒有協議書，那麼他們就贏了；如果我們有協議書，他們就當作弄錯了，什麼也沒有損失。」

「近來國家經濟衰退，他們一定是看上卡嘟里森林這片豐富的林木資源。你們想想，數量龐大的檜木和扁柏，如果換成錢，是一筆多麼驚人的收入。」夏雨說。

「這些年還是有山老鼠進入森林盜伐檜木和扁柏，在我們密集巡山並且設置陷阱之後，盜伐狀況有了改善，我們從不鬆懈的維護祖先交給我們看顧的這片森林。」沙書優說。「我不會讓卡嘟里部落毀在我手上，我不會讓祖靈們失去可以看顧後代子孫的棲身之所。」

「我們還有一些時間，在國家派人來接收森林和部落之前，設法找到協議書，或者想出其他的方法保護部落。」帕克里說。

「我們現在要分頭進行幾件事。」沙書優說：「第一件事，大樹、夏雨、瓦拉你們三個人再找幾個年輕人，去規劃一條可以快速抵達鷹巢的路線。」

「沙書優，難道你想要……」帕克里驚訝問。

「這是後路，非不得已的時候，才這麼做。」沙書優語調懇切的說。「鷹巢是個很安全的地方，有大峽谷當屏障。遷移雖然勞民傷財，但無論如何我們還是踩在有祖靈居住的卡嘟里森林的土地上。」

「好的，沙書優頭目。」大樹點點頭，領受這份指派。

「你想過這麼做會有什麼後果嗎？」帕克里憂心忡忡的問。

「想過，但是，卡嘟里部落必須為了族人的自由與尊嚴而戰鬥。」沙書優堅定的說。

在場的每一個人臉色變得更凝重，他們明白戰鬥的意思，就是拒絕接受國家的管治。

「雅格和帕克里負責去向所有族人說明這件事，他們必須知道部落可能發生的變化，心裡有些準備。」沙書優說。「優瑪、吉奧、瓦歷和多米，你們就用自己的方式去思考解決這個問題的方法。這些日子你們用自己的方式解決了很多難題。」

「這麼重要的事，我們可以嗎？」多米用食指指著自己的胸口，懷疑自己聽到的。

「不要懷疑自己，也不要去想國家同不同意。用你們過去解決許多麻煩的想像力，一起來保護我們的部落。」

優瑪、吉奧、瓦歷和多米，聽了不禁覺得自己責任重大，臉色也不知不覺凝重起來。

「我們必須思考，什麼才是部落最重要的東西，怎麼做、什麼結果對部落最好。」沙書優說：「我們絕對不能坐在那裡像個呆子一樣，無條件接受國家提出來的條件。必要時，為了維護部落的精神，我們將不惜戰鬥。」沙書優的話語鏗鏘有力，每一句都充滿了熊的力量。

沙書優臉色凝重的望著大家：「我離開的這一年多的時間，我的小女兒優瑪繼任第十二任頭目。這段日子發生了許多事，她帶領族人度過一個又一個難關，達卡倫家族以她為榮。我回來了，但是，優瑪依然是頭目，依照卡嘟里部落的傳統，優瑪一旦繼任頭目，就得做到第十三任頭目繼位為止。因此，優瑪現在和將來都是卡嘟里部落的頭目，而我只是默默支持她及幫助她的父親。『自治協議書』這件事我會負完全的責任。成年禮就快要舉行了，等成年禮結束，我會把頭目職務交還給優瑪。我們還欠她一個盛大的就任儀式，到時候可以一起舉行。」

優瑪震驚的望著沙書優。

「爸爸——」優瑪正要開口說話，被沙書優打斷了。

沙書優用堅定的眼神看著優瑪：「優瑪，頭目的職務是神聖的，不是兒戲，我們必須遵守維持了四百年的傳統。這是你的會議，而我會在這裡，和你一起分擔所有的難題。」

優瑪迎向沙書優的眼神，明白這是她推卸不了的責任，她點點頭。

優瑪看看大家，看看沙書優。只要有沙書優的地方，她的心就像清晨的森林一樣的寧靜。

會議結束後，每個人都心情沉重的走出會議室。卡嘟里部落的命運就像不小心飛進蜘蛛網的蜜蜂，生死懸於一線之間。

優瑪、吉奧、瓦歷和多米走到卡里溪畔，坐在石頭上，努力想找出和國家談判的方法。

「我們是小孩子，怎麼可能想出什麼好辦法和國家談判！」多米朝著溪裡丟了一個石頭，濺起一些水花。

「這一年裡，我們解決了很多問題。那時候，我們沒有想到自己是小孩子，只想解決問題。現在沙書優回來了，我們有了倚賴，就變回小孩子了。」優瑪說。

吉奧點頭同意優瑪的說法。

「不要讓倚賴摧毀我們的想像力，拯救部落是每個人的責任。」吉奧說。

「好吧！我們就來聊一下，談判最重要的是什麼？」多米坐直身子說。

「氣勢，誰的氣勢強，贏的機會就大。」吉奧說。

「籌碼，誰的籌碼多，誰就贏。」瓦歷說。

「道理，誰有道理，誰就贏。」多米說。

「我認為，談判之前我們有必要找許願精靈以及迷霧七彩湖的彩姑姑共同商量這件事。卡嘟里森林將有重大改變，他們居住的環境也會改變，他們有權利知道，也有義務參與拯救。」優瑪語氣堅定的說。

「我也這麼覺得。」吉奧表示同意：「按照夏雨的說法來看，國家接收森林之後，會砍伐樹木，勢必會影響許願精靈和迷霧七彩湖的生活環境。」

「找彩姑姑很簡單，但是，要去哪裡通知許願精靈來開會呢？」多米說。

「這倒是個問題。」瓦歷說：「如果他們這麼輕易就給人找出來，願望就跟泥土一樣不值錢了。」

「如果許願精靈願意出來開會，了解大家面臨的處境，一定有辦法化解危機。例如，把國家那些人腦海裡對卡嘟里部落的記憶洗掉，沒人記得卡嘟里森林，這樣還會有誰來談判？或者精靈可以將那份『自治協議書』變出來，這樣問題就解決了。」多米口沫橫飛的說著。

「事情這麼簡單就好了。」吉奧說。

瓦歷把玩著褲子口袋裡的種子，發出卡啦卡啦的聲音。

「你口袋裡有什麼？」多米問。

「怪怪古卡樹的種子。」瓦歷說：「我們應該去挖幾棵怪怪古卡樹種在部落入口，國家那些人來的時候，就會被打得滿頭包。」

多米誇張的做出暈倒狀：「你以為怪怪古卡樹的種子會分辨誰是誰嗎？笨蛋，我們自己人會先被打得滿頭包！」

「我會改良怪怪古卡樹，讓它的種子可以聽從我的命令，改變發射方向。」瓦歷說。

「祝你成功。」多米諷刺的說。

優瑪沉默的摸著胖酷伊送她的許願竹戒指。胖酷伊送了她一個願望，她一直很珍惜的保存著，這是想念胖酷伊時，排解思念的戒指，優瑪一直捨不得許願。

現在，是使用這個願望的時刻了嗎？

這個竹戒指是唯一讓她和胖酷伊還保有連結的東西。用完願望這個連結就會被切斷了，該在這個時候切斷這個連結嗎？

優瑪閉上眼睛。一時之間，她無法做出決定。

13

如何遇見許願精靈

啊，想到了，想到遇見許願精靈的方式了。

深夜，優瑪突然從睡夢中驚醒。她想到了！她想到邀請許願精靈出來開會的辦法了。

優瑪跳下床，等不及天亮就想出門去找吉奧。經過沙書優房間時，她將耳朵貼近房門聆聽，想確定沙書優是不是真的回家了。沙書優房間靜悄悄的，連鼾聲都沒有。優瑪緊張的敲了敲門。

「請進。」沙書優的聲音從房裡傳了出來。

優瑪臉上緊繃的線條放鬆了下來，她打開門，看見沙書優坐在書桌前。

她鬆了一口氣。

「真高興你在這裡，爸爸。」

「怎麼這麼早起，才三點多呢。」

「我想到一些事要立刻去找吉奧他們商量。」

「但是，現在才三點多，距離天亮還有兩個小時呢。」

「你呢？是早起？還是整晚沒睡？」

沙書優笑了笑說：「我睡了一下，醒來就睡不著了，乾脆起來讀點書。」

「你回來了真好。」

沙書優微笑著。

「我得去找吉奧他們了。」

「去吧！」沙書優揮揮手。

優瑪走出庭院，部落沒有半點燈光，天空沒有月亮，只有幾顆星星閃爍。優瑪的腳步沉穩踏實，就算沒有光她也能辨識方向。

優瑪的腳步聲引起幾隻狗兒的注意，牠們的吠叫聲引來其他狗兒此起彼落的叫著。有族人探出頭來查看，看見優瑪的身影，便將頭縮回去，對睡在身旁的老伴說了句：「是優瑪小頭目，她可真忙，半夜三更不知道要去哪裡，有什麼事不能等天亮再處理呢？」

優瑪來到吉奧家，她繞到屋後，站在吉奧房間窗口，輕輕敲窗喊著：

「吉奧，吉奧，吉奧。」

優瑪連叫了幾次，吉奧才醒過來，半睜著惺忪的雙眼打開窗戶說：「發生什麼事了？」

「吉奧，你記不記得，有一次我們經過檜木霧林時，胖酷伊突然抱著一棵檜木，怎麼都不願意離開？」

「胖酷伊還說檜木唱歌給他聽。」吉奧邊打呵欠邊說。

「對呀，所以，檜木精靈應該是住在檜木霧林，我們走一趟那裡，把開會的消息散發出去，他們一定會聽見。」

「你就為了這個半夜把我挖起來？天亮再說不行嗎？」吉奧又打了一個大呵欠。

「快點，我們去找瓦歷和多米，現在就去檜木霧林。」

「不用這麼急吧！天都還沒亮。」

「天就快亮了。」優瑪看著東邊的山頭急切的說。「時間很緊迫，你不知道嗎？」

看見優瑪犧牲睡眠思考這個問題，吉奧也不忍再說什麼了，他揉揉眼睛，說：「好吧！我們去找多米和瓦歷。」

多米和瓦歷一邊抱怨一邊打呵欠，跟著優瑪踏上部落小徑，朝森林走去。天微微亮了，部落石板屋的輪廓在黑暗中漸漸顯現。

多米紅著一雙眼睛，她把到了嘴邊的抱怨給嚥了回去。少睡兩個鐘頭一點也不礙事，頂多多打幾個呵欠，而部落的命運就像即將來臨的大風暴，能不能安然度過誰也不曉得，只能盡力做好防備工作。多米異想天開的想，也許精靈願意伸出援手，手指頭輕輕一點，就將所有的難題化解了。

五個小時後，四個人來到檜木霧林。

「胖酷伊說，這裡的檜木曾經對他唱歌，這裡是他的家鄉，所以這些精靈可能就住在某一棵檜木裡。我們對著每一棵檜木吶喊，請他們出來開會，我們的目的並非要許願，而是邀請他們開會，他們也許會同意。」優瑪說。

「這樣做雖然看起來很愚蠢，但是，任何方式都應該試試。」多米說。

四個人分頭對著檜木吶喊。

卡嘟里部落發生大危機啦！邀請森林住戶檜木精靈一起開會。

我們絕不許願，只希望一起開會研商對策。

他們喊過一棵又一棵。

優瑪來到一指撐天巨木前，扯開喉嚨大喊著：

卡嘟里部落發生大危機啦！邀請森林住戶檜木精靈一起開會。

我們絕不許願，只希望一起開會研商對策。

精靈之家裡的五隻檜木精靈，站在看得見外面、外面卻看不進來的小窗前，好奇的看著優瑪。

「卡嘟里部落發生大危機了。」胖酷伊檜木精靈擔憂的說。

「他們居然想邀許願精靈開會！真是異想天開。」高酷伊檜木精靈說。

「他們說絕不許願。」小酷伊檜木精靈說。

「和人類一起開會，違反精靈守則。」高酷伊檜木精靈說。

「優瑪小頭目說得沒錯，我們也是森林住戶，森林發生大危機，我們也有責任和義務。」大酷伊檜木精靈說。

「我們應該去開會。」胖酷伊檜木精靈說：「依我對優瑪小頭目的了解，部落發生的這個危機一定很棘手，他們才會找我們一起開會。」

「森林也是我們的家，有危機大家要一起面對。」大酷伊檜木精靈說。

「萬一他們對我們許願呢？」高酷伊檜木精靈說。

「他們說絕不許願的。」胖酷伊檜木精靈說。

「如果我們出現，就表示我們真的住在檜木霧林裡，暴露我們的住處，到時候每天都會有人在檜木霧林大吼大叫的許願，願望將變得一文不值。」壯酷伊檜木精靈說。

「開完會，我們就搬家。」小酷伊檜木精靈說。

優瑪的聲音再度傳進精靈之家。

明天中午十二點，請到迷霧七彩湖來開會。我們的目的不是許願。

「為什麼選在那個花不溜丟的湖開會呀？」小酷伊檜木精靈說。

「精靈不適合和人類一起開會。」高酷伊檜木精靈堅持遵守精靈守則。

「我們只是許願精靈，並非見不得人的鬼魂，和人類開個會有什麼大不了的？」胖酷伊檜木精靈說。

「你自從在人類的世界住了六年多後，思考模式已經非常接近人類，愈來愈不像個許願精靈。」高酷伊檜木精靈說。

「我們假裝沒聽到這個邀請不就好了。」小酷伊檜木精靈說。

「我們明明就聽到了，不可以說謊欺騙自己。」大酷伊檜木精靈說。

精靈之家裡的精靈，為了到底該不該接受這個邀請而爭論不休。

在檜木霧林吶喊了一整個上午，聲音開始嘶啞的四個人，準備離開檜木霧林，前往迷霧七彩湖。

離開檜木霧林半個多小時後，一隻檜木精靈悄悄的出現在四個人的背後，他叫了一聲：「等一等。」

四個人回頭一看，驚訝的說不出話來。

是一隻許願精靈，個子只到他們膝蓋般高，機靈的大眼睛在四個人的臉上轉來轉去。

「明天，我們會去開會。」精靈說。

四個人張開嘴巴想說什麼卻一句話也說不出來，傳說中的檜木精靈正真真實實的站在山徑上和他們交談。

「你真的是許願精靈嗎？」多米不確定的問著。

「是的，我是許願精靈。」精靈說。

「你是檜木精靈還是扁柏精靈？」吉奧問。

「我不能回答你這個問題。」精靈說。

「胖酷伊檜木精靈會來嗎？」優瑪問。

精靈遲疑了一下，說：「所有的精靈都會去，包括胖酷伊檜木精靈。」

「謝謝你們答應來開會。」優瑪說。

「你們答應絕不許願？」精靈問。

「是的，我們絕不許願。許願不是開會的目的。」

「願望不能刻意、草率、輕忽。」精靈說。

「我們明白。」優瑪說。

精靈點點頭，化身為金黃色的球體，彈跳幾下後，趁著四個人眨眼的瞬間，消失得無蹤無影。

優瑪的心情變得複雜起來。胖酷伊會去開會，他們竟然是在這樣的場合裡重逢。

「天哪，我好期待這個會議喔，我們居然可以和許願精靈面對面一起開會。」多米興奮的說。

「走吧！剩下彩姑姑，她應該很樂意跟我們開個會吧！」吉奧說。

「說實在的，我開始有點喜歡彩姑姑了。」多米說。

「她的彩色湖挺有創意的。」吉奧說。

「彩色小不點也不惹人討厭。」優瑪說。

「你們不要忘了，她討厭小孩子。」瓦歷說。

「小孩子哪裡惹到她啦！」多米不服氣的說。

「如果你來到七彩湖邊，沒有彩色砲彈，沒有彩色小不點，你會做什麼呢？」吉奧問。

「拿根木棍攪一攪彩色湖水。」多米脫口而出：「或者丟一些石頭進去。」

吉奧笑了：「這就對啦！」

「我聽到了，有人在說我的壞話。」彩姑姑宏亮的聲音在森林上空如雷一般的響起。

「天哪，距離七彩湖還有一公里遠，這樣都聽得到我們的對話？」多米說完立即摀住嘴巴。

「我就說嘛！彩姑姑是卡嘟里部落最美麗的姑娘。」吉奧討好的說。

「是啊，七彩湖是卡嘟里森林最具特色的風景。」多米說。

「你們這幾個油嘴滑舌的小鬼，我知道你們找我鐵定沒啥好事。加快你們的腳步，快點過來，我很多事忙著呢！」

彩姑姑的聲音在森林上空迴蕩著。

14 夢幻會議

今天的迷霧七彩湖變換出不同以往的面貌。燦爛奪目的色彩創造出來的熱鬧感覺消失了，取而代之的是讓人感覺平和寧靜的淺黃色彩；湖面上飄著粉紅色的霧，在四周深沉的綠樹圍繞下，迷霧七彩湖看起來就像是小女孩的臥房般柔和淡雅。

平靜的湖面上，絲毫嗅聞不出湖底正在進行一場攸關森林、部落以及湖泊命運的緊張會議。

這是四百年來第一次，卡嘟里部落頭目和副頭目、迷霧家族以及許願精靈，面對面一起討論如何拯救卡嘟里森林。

為了迎接這個會議，彩姑姑湖底的住家也經過特別的布置。她將牆壁往外擴張了五十公尺，看起來更寬敞舒適，並且將牆壁換成水藍色，然後在上頭彩繪了數十隻小鳥飛翔的姿態，水藍色的牆不斷的湧動，讓小鳥看起來好像真的在飛翔，大廳的中央擺著一張紅色的大方桌。

彩姑姑在天花板上多插了數十根拳頭般粗的竹管子，以便將新鮮氧氣送進湖底來。

七隻扁柏精靈和五隻檜木精靈分別坐在桌子的兩側，彩姑姑一個人坐一邊，她對面則坐著優瑪、吉奧、瓦歷和多米。

優瑪看著每一隻精靈，他們長得一模一樣，只是頭頂上的毬果位置不同，乍看之下，根本分不清楚誰是誰。不過，細看頭頂小樹枝上的毬果，就可以輕易的分出誰是檜木精靈，誰又是扁柏精靈。

五隻檜木精靈也長得一模一樣，優瑪無法分辨哪一個才是胖酷伊檜木精靈，她試圖從眼神去觀察，不確定坐在她左手邊最後那隻用深邃的眼眸望著她的是不是就是胖酷伊檜木精靈。

「可以開始了，小頭目。」彩姑姑的聲音打斷了優瑪的思緒。

優瑪回過神來，看了大家一眼後說：「謝謝大家來參加這個會議，雖然大家平常的交集不多，但是現在卡嘟里森林的前途將我們聚在這裡。不久之後，國家將派人來接收卡嘟里森林。我們能在卡嘟里森林安居幾百年，是因為我們的祖先達卡倫和國家簽訂了一份『自治協議書』，內容是卡嘟里族人可以自由的住在森林裡，條件就是管理這片森林，確保森林保持最原始的面貌。現在，我們遺失了卡嘟里部落四百年前與國家簽訂的『自治協議書』，雖然我們很確定協議書上寫的自治時間是『永久』，卻沒有證據證明，所以，國家一口咬定協議書上的自治時間是四百年，而且就在這幾天到期。」

「到期又如何？」彩姑姑實在不明白這之間的關係。

「國家接收後，會大量的砍伐森林。我們美麗的家園將一點一滴的消失。」優瑪說。「到時候迷霧七彩湖也會變成觀光景點，每天都會有人站在湖邊，甚至拿瓶子裝走一些水彩。」

許願精靈明白了，彩姑姑也明白了。

「沒有人可以從我這裡帶走一滴水彩。」彩姑姑忿忿的說。

「如果森林的樹被砍光，許願精靈也將面臨生存危機。」吉奧補充說明。

「許願精靈不能介入人類的任何活動。」一隻扁柏精靈說

「我們甚至不能參加這個會議。」另一隻扁柏精靈說。

「你們也是森林的一分子，有義務幫忙解決問題。」吉奧說。

「是啊，你們只要動動手指頭，就可以解決所有的事。」多米焦急的說。

「我們是許願精靈，只受理願望。況且，來之前就已經說好了，今天對我們許的任何願望都無效。」高酷伊檜木精靈說。

「我們無能為力。除非有人在毫不知情的情況下碰巧遇到我們，然後對我們許願，這願望才能幫上忙。」大酷伊檜木精靈說：「任何刻意製造的場合下許願望的都不會被達成。」

「我就沒那麼多原則，我可以幫忙的事情很多，我的腦子裡已經有很多點子了。哈哈哈，這些點子肯定很好玩。」彩姑姑像一個剛剛得到禮物的孩子般興奮的大聲說話。

「你想做什麼？」瓦歷不安的問。

「到時候你們就知道啦！我一定讓那些什麼從國家那兒來的人，全都嚇得屁滾尿流的滾下山去。」彩姑姑興致高昂的說。

「我們今天開會的主要目的，是要告訴大家森林即將發生改變，讓大家可以做些準備，例如搬到更安全的森林或湖泊。另外，就是先跟大家說再見。也許國家接收一切之後，卡嘟里部落將被迫搬離卡嘟里森林，到時候說不定會很倉促，倉促到沒時間說再見。」優瑪說完，看了坐在她左邊最後一個位置的精靈一眼，她彷彿看到精靈的眼睛閃過一絲憂傷。

「我才不要搬家呢！卡嘟里森林好玩得不得了。」彩姑姑指著許願精靈說：「這些精靈一點用也沒有，願望，哼，我一點也不喜歡願望，願望就像天上的星星一樣遙遠。」

「沒有願望的人是可悲的，沒有願望的人就是沒有夢想的人，沒有夢想的人，就跟石頭一樣。」扁柏精靈說。

「你說這什麼話？沒有願望的人是腳踏實地，不去做那些無謂的幻想……」彩姑姑反駁說。

「才不是無謂的幻想，我們幫每個許願的人實現夢想。」

「哼，別以為我不知道，」彩姑姑指著其中一隻扁柏精靈說：「你們把人家夢想顛倒實現，又怎麼說？」

「這是考驗許願者對待願望的態度，如果不謹慎許願，就有可能遇上扁柏精靈。」

「聰明的人不管遇到檜木精靈還是扁柏精靈，都可以運用技巧許願。而你——」另一隻扁柏精靈指著彩姑姑說：「你就屬於那種不會許願又想許願，結果願望被顛倒實現的笨蛋。」

彩姑姑氣急敗壞的跳了起來，她的身體因為憤怒而變成紅色的，她憤怒的說：「氣死我了，看你們今天怎麼走出我的地盤！」

彩姑姑兩手一揮，四面牆壁愈縮愈小，她從牆上抓了幾把顏料塞住輸送氧氣的竹管。

「天哪，他們吵架，連累我們被悶死！」多米叫了起來。

幾隻許願精靈相互看了幾眼後，露出詭異的笑容。

「沒有誰可以困住許願精靈的。」

許願精靈拋下這句話後，瞬間化身為金黃色的球，彈跳兩下後，簇擁著優瑪、吉奧、瓦歷和多米，一起衝出彩姑姑的彩色屋。那速度實在太快了，一眨眼間優瑪和副頭目們就已經站在岩石山上了。等大家回過神來，早已不見許願精靈。

「許願精靈送我們回家，這是我們這輩子在卡嘟里森林留下的最後回憶。」多米說。

「那些精靈還是幫了忙，幫我們省下了從七彩湖步行回部落的半天時間，讓我們可以好好思考如何解決危機。」吉奧說。

「你們有沒有看出哪隻精靈是胖酷伊？」優瑪問。

「他們長得一模一樣，根本無法分辨。」瓦歷說。

「胖酷伊也真是的，他應該主動跟我們打聲招呼。」多米抱怨著。

「他有他的難處。」吉奧望著優瑪，用一種理解的口吻說：「你已經跟胖酷伊說再見，不管將來發生什麼事，都沒有遺憾了。」

優瑪這時候才發現家家戶戶的煙囪都冒出炊煙，太陽已經掉進西邊的山裡，在山頭留下幾絲橘紅的雲彩，幾隻老鷹在空中盤旋。森林的黃昏這麼的寧靜美麗，但願山神眷顧卡嘟里森林及部落，讓這份美麗繼續下去。

15 衝突

乍聽到有可能會被迫搬遷卡嘟里部落時，卡嘟里族人全驚愕不已，怎麼可能？叫他們離開森林，就像叫魚兒離開水面，叫鳥兒離開枝頭，叫蜜蜂不准接近花朵。

族人們從帕克里、從沙書優、從優瑪、從大樹口裡得到證實，卡嘟里的命運懸在一張失蹤的「自治協議書」上。

他們經歷懷疑、焦慮、恐慌、悲傷、失落、憤怒等等情緒之後，心中逐漸明白，當颶風準備摧毀森林以及房舍時，人類不可能用雙手阻擋大自然的狂風暴雨；當溪水暴漲準備沖垮種滿莊稼的田地時，你只能輕輕嘆一口氣，然後堅定自己的意志，重新面對生活。

明天就是國家派人來談論接收卡嘟里部落及森林的日子。

沙書優和優瑪、帕克里、雅格、瓦拉、大樹、夏雨開了一個祕密會議，做出各種假設，一旦狀況發生，將採取怎樣的行動，但明天只談論接收以及安置的問題，還不到行動的時候。

雖然毀滅的惡魔已經進入倒數計時，優瑪還是決定繼續每個星期讀兩則頭目日記的工作。部落雖然面臨空前的存亡危機，但她不想讓族人都陷入恐慌，就按照正常的步調度過變化來臨前的每一天吧！

優瑪今天特地挑選了自己寫的日記。

庭院裡聚集的人群多到站不下，有些族人甚至爬到矮牆上面。

沙書優站在雕刻室門口，倚在門旁望著優瑪，心裡有一點不真實感：眼前這個十二歲的小女孩，是我的女兒優瑪嗎？他回頭看了雕刻室一眼，幾件完成大樣的木雕之間，連結著完整的蜘蛛網。是什麼力量將向來熱衷雕刻的優瑪從雕刻室拉走的呢？或許是部落接二連三的事件，逼著她長大，激發她的責任心吧。

沙書優想到這裡，不由得心疼起來；但是，這一年多來，優瑪的成長又讓他感到欣慰。讀頭目日記給族人聽的這個妙點子，連他也沒想過呢！

「我今天要唸的日記，是我自己寫的。」優瑪說。「是一個星期前寫的。」族人們用讚許的目光看著優瑪。

我的父親沙書優失蹤之前，我最常待的地方就是雕刻室。我喜歡雕刻，我喜歡雕刻刀和木頭對話的方式，對其他事物都感到不耐煩。我最不喜歡聽的話就是：「將來你是卡嘟里部落的頭目。」接任頭目是那麼遙遠的事，我討厭去想。我想雕刻。但是，沙書優，卡嘟里部落最優秀的獵人勇士，竟然會在自己熟悉的森林裡失蹤，九個月後，我被迫接任頭目。

我很傷心很焦慮很不耐煩。森林裡突然發生了許多事，好像我們活著的目的，就是永遠上山上山上山，下山下山下山，去尋找沙書優、去阻止岩石山崩塌、去搜救失蹤的小熊、去找回從陶壺上逃走的蛇、去追蹤闖進森林的怪獸、去尋找帕克里……後來我才明白，我們生活在森林裡，所有的事都發生在森林裡。進出森林與大自然對話，就是卡嘟里部落的生活文化。

大家安靜的聽著，沙書優紅了眼眶。

我很高興，所有的危機最後都有驚無險的度過了。最值得高興的就是，我們想念的沙書優回來了。這是天神送給卡嘟里部落最好的禮物。也許將來，我們不會再有這樣上山又下山的日子。

族人們臉色凝重起來，他們明白優瑪說的也許就是最壞的結果，國家接收了部落和森林，讓他們失去了上山下山的自由。

但是，我們在卡嘟里森林生活的每一個日子，都是我們最珍貴的回憶。

優瑪闔起日記，看著大家，現場的氣氛變得憂傷，沒有人起身離開。就讓大家這樣安靜的坐在一起吧！一起聽聽風聲、鳥鳴、樹葉的沙沙聲，以及彼此的心跳聲。

部落的另一頭，入口處的老榕樹旁，國家森林部長林同率領副部長葉南、測量員、文化專員以及國家警察等三十幾個人，浩浩蕩蕩的抵達卡嘟里部落。

雖然明天才是開會協商的日子，但他們得先完成一些前置作業，例如測量部落的面積，觀察卡嘟里部落的族群活動，做為接收之後規劃的依據。

他們才剛剛到達部落入口處，一幕彷彿電影畫面一般的場景在他們眼前展開，森林裡的樹木在他們面前逐漸變成彩色的，以他們為中心點，像漣漪一般往外擴散出去，直到整個視線所及之處全都是彩色的。

三十幾個人看得目瞪口呆，非但沒有受到半點驚嚇，反而嘖嘖稱奇，他們以為這是卡嘟里部落為他們舉行的歡迎儀式。

「這麼慎重的歡迎儀式，真是教我感動。」

「這麼美的畫面，我還是第一次看到。」

「如果發展成觀光項目，收入一定很可觀。」

「天哪，我迫不及待想把這裡介紹給全世界了。」

來自國家的這群人顯得很激動，他們看起來像一群對任何事物都感到好奇的觀光客，沒有什麼事情可以嚇倒他們。

躲在暗處的彩姑姑則感到生氣。

「這些嚇不到你們，是不是？那就再讓你們嘗嘗我的厲害。」

彩姑姑從樹叢裡射出彩色小不點到每個人的頭上，這些人的頭髮立刻變成紅色、白色、紫色、黃色、綠色、橘紅色……接著，他們的指甲也被染了顏色。

來自國家的這群人面面相覷之後，一個個捧腹大笑起來。

「真好玩，真有趣呀！這個部落將會把我們帶向世界。」

「每年會有百萬人湧進我們國家觀光。」

「我們得把卡嘟里部落改一個有意思的名字，叫什麼好呢？」

「叫彩色森林，或者彩色仙子樂園。」

「哈哈哈，你的綠頭髮真好笑。」

「偶爾改變一下造型，挺好玩的。」

彩姑姑看見這群來自國家的人反應完全出乎她的意料，簡直要氣死了。

「好吧！只好使出我的最後武器，不信你們不投降。」

彩姑姑拿出一個蓮蓬頭，按下按鈕，彩色雨點噴灑在這群人身上。這群人以為這是一種遊戲，又開始大笑起來。但是，他們漸漸笑不出來了，彩色小不點伸出小頭小手和小腳，鑽進他們的衣服、褲子、鞋子以及頭髮裡搔他們癢，三十幾個人立刻瘋狂的抓起癢來，他們一邊笑一邊叫一邊跳一邊抓癢，表情痛苦難當。

「停止，快停止啊！這一點也不好玩。」

「我受不了啦！哈哈哈，好癢，好癢，哈哈哈，快住手！」

彩姑姑這回滿意的笑了：「哈哈哈，受不了是吧！快滾下山去！回到山腳下自然就不癢了。」

但這群人並沒有逃下山的意思，他們強忍著身上的癢，跑進部落，大吼大叫的衝進優瑪家庭院。

「快叫這些小東西住手，我受不了了。」

聚集在優瑪家聽頭目日記的族人，看著這群頂著怪異頭髮的外族人不斷扭動身體的滑稽模樣，忍不住笑了出來。

「你們不是明天才來嗎？」夏雨問。

「我們喜歡什麼時候來就什麼時候來……小頭目，你……快叫這些東西停止……」

優瑪知道是彩姑姑搞的鬼。這就是彩姑姑說的妙點子吧，看來並不妙呢。

「你得給我們一個交代，你說，這些是什麼？你想惡整我們嗎？」林同怒不可遏的說。

這下換優瑪為難了，該怎麼解釋這些彩色小不點呢？

「這些……我不知道……他們……怎麼……」唉，真不知道該怎麼說。

沙書優也走了出來，他知道發生了什麼事，早先就聽優瑪說過彩姑姑和七彩湖的故事。

優瑪這孩子真了不起，在他離開部落這一年多的日子，她已經和卡嘟里森林的其他住戶保持了良好關係，連許願精靈都可以請來開會。

「彩姑姑這個玩笑開大了。」沙書優說：「快叫她停止吧！激怒這些人對我們很不利。」

優瑪知道彩姑姑就躲在附近，於是她扯開喉嚨喊：「彩姑姑，請你高抬貴手，停止這一切，事情無法收拾了。」

國家派來的這些人依然不停的抖動身體，有人脫掉上衣，從身上抓下彩色小不點，想捏死它們，但是捏在手裡的卻是一堆黏乎乎的顏料，一鬆手，顏料又立即彈出手腳，嚇得他們拚命的甩手。

「快點叫他們停止啊！我同意給你們最優惠的條件。」林同說。

「彩姑姑——」優瑪又叫了一次。

躲藏在優瑪家屋後樹林裡的彩姑姑，氣惱得直跺腳：「這樣都沒辦法趕你們下山，哼。」

森林的顏色從外圍逐漸褪去，這些人身上的彩色小不點也紛紛跳下來，朝著同一方向狂奔而去。他們頭髮上的顏色以及指甲上的彩繪卻依然存在。

三十幾個人疲憊的坐在地上，驚魂未定的回想著剛剛發生的怪事。

林同臉上餘怒未消，站起來走向優瑪和沙書優，不悅的說：「你們不想將森林交還給國家，才這樣整我們嗎？」

「不是，我們沒有……」優瑪想辯解。

「沒有？那麼我請問，剛剛那些是什麼怪東西？」林同問。

「那些是彩色小不點，它們並非人類，它們的行為我無法控制。」優瑪對林同等人解釋。

「並非人類？那它們是什麼東西？」林同瞪大眼睛。

「它們是一堆顏料。」優瑪說。

「真是胡說八道。」林同憤怒的駁斥：「快點把我們頭上這些亂七八糟的顏色弄掉。」

「對不起，這超出我們的能力範圍。」

「總不能讓我們頂著這些顏色回去吧！」

「這件事我真的幫不上忙。能幫你們的彩姑姑，我猜她已經走了。」

「算了！算了！大不了回去剃個大光頭。」林同揮揮手說。

「這裡真是一個怪地方。」葉南看著自己的指甲說道。

「我們提前一天來，要進行一些重要的工作。我們必須了解這個部落，才能進行規劃，做出對你們最有利的安排。」林同瞬間換上誠懇的面具。

「我們會在部落停留幾天，不知道哪裡可以讓我們紮營？」葉南說。

「卡里溪橋附近有一塊草地，你們可以在那裡紮營。」沙書優說。

「我們還需要幾個熟悉森林地形以及動植物的人，幫助我們進行必要的工作。」林同說。

「正式移交之前，我們不會協助你們做任何事。因為在這之前，卡嘟里部落還是一個完全自治的地方。我也希望你們能夠遵守身為客人的分寸，不要騷擾我的族人。」沙書優語氣堅定的說。

「你……你這樣我們很難做事。」林同不高興的說。

「我們不能否認，在正式移交之前，所有的事都可能有變數。」沙書優坦白回應。

林同冷笑了一下：「不可能有變數的，我們是根據國家的律法做事。」

三十幾個人頂著黃的、紅的、藍的、紫的、橘紅各種色彩的頭髮，往卡里溪橋的方向走去。

一行人熱熱鬧鬧的搭起帳棚。

搭完帳棚，幾個人扛起三角架器材，開始進行測量的工作。

「我們回去以後，也不用做什麼測量的工作，乾脆加入歌舞團算了。」

「這綠色的頭髮讓我很沮喪，還有這彩色指甲，唉，我真希望從沒來過這裡。」

「也許我們可以帶動染髮的風潮，大家都一樣，就不會顯得我們特別怪異了。」

「先工作再來煩惱頭髮吧！」

「你們看看那些人，為什麼這樣盯著我們看？」

無心耕作的卡嘟里族人站在庭院前，倚在矮牆上，走在部落小徑上，用充滿戒備的眼神看著這群國家派來的人。

「他們就是要侵占我們部落的人嗎？」

「他們手上那些東西是做什麼用的？」

「我們世世代代在卡嘟里森林生活，沒有人可以將我們趕走。」

「我們把他們趕走，來一個趕一個。」

「你看，他們在做什麼？」

「他憑什麼這樣做？把他拖下來！」

一個測量員爬上一幢石板屋的屋頂，開始照相。

兩個卡嘟里族人也爬上石板屋頂，想把測量員給拖下去，三個人在屋頂上一番拉扯後，同時摔落地面。其他族人與測量員見狀，跟著加入戰局，十幾個人扭打在一起，直到沙書優與林同趕到，才將兩派人馬拉開。

聽過雙方的說詞後，沙書優和林同都同意這是一場因為不了解彼此文化而產生的誤會。林同允諾測量的工作暫緩，等到完全交接之後再重新開始。

16 真假協議書

迷霧七彩湖岸邊，夏雨和彩姑姑坐在草地上喝著小米酒。

「聽說你對卡嘟里部落的客人做了很不禮貌的事？」夏雨說。

「你說錯了，那是禮物，不是什麼不禮貌的事。」彩姑姑說：「你們家那隻英雄不是學乖了嗎？牠見到我已經不敢再大吼大叫了。」

「那些人的頭髮剃光後長出來的還會是彩色的嗎？」夏雨好奇的問。

彩姑姑喝了一口小米酒，舔舔嘴脣後說：「下輩子，下輩子他們的頭髮就會變回黑色的了。」

「下輩子？哈哈哈。」夏雨忍不住笑了起來：「你乾脆在湖岸邊開一家

『彩姑姑美髮美容院』，專門幫人染髮、彩繪指甲、美容換膚，哈哈哈，太好笑了。」

「對呀，我怎麼沒想到！『彩姑姑美髮美容院』，這點子太棒了！不收錢，只收小米酒。你，夏雨，永久免費。」彩姑姑興奮的說。

「我才不敢領教呢。」夏雨說完站了起來，「這些小米酒你就慢慢享用吧！我得回去參加協商大會。」

夏雨走了幾步後轉身問彩姑姑：「你要不要一起去？」

「哼，我們迷霧家族不管人間世事。」彩姑姑不屑的說。

「是嗎？那你幹麼將人家的頭髮染色？」

「他們威脅到我的湖泊，甚至可能逼迫我搬家，這樣我就得離開我的朋友，所以當然要教訓他們一下。」

「有個朋友住在湖邊，可以聊聊藝術、色彩，我覺得挺好的。」夏雨轉身離開的時候自言自語的說著：「我也不希望你搬家呢！」

彩姑姑對著夏雨的背影喊：「你說什麼？」

「醉話啦！」夏雨揮揮手說。

會議室裡擠滿了人。

沙書優、優瑪、帕克里、雅格、大樹、瓦拉、阿通、夏雨、阿莫、吉奧、瓦歷、多米等人坐在會議桌的右側，他們的身後站滿了旁聽的族人。會議桌的另一邊則坐滿了來自國家的人，他們的身後也站滿了人。

「我是林同，我是國家森林部的部長，今天代表國家前來，討論如何安置卡嘟里部落這一百多戶人口。國家會在山腳下挪出一片空地，給你們建立新家園。那片土地的使用權有十年，第十一年你們就得付土地租金給國家。」林同說。

「我們哪來的錢？」大樹問。

「你們搬到山腳下之後，可以在城市裡找工作，有工作就有收入，有收入就可以付租金。」林同說。

「那片土地旁邊有森林嗎？」帕克里問。

「嗯，沒有，倒是有一座小公園，公園裡有幾棵榕樹。」林同繼續說：「國家給你們五年的時間適應新生活，這五年，國家會照顧你們的生活，給你們生活補助，五年之後，你們就得開始納稅。」

「什麼是納稅？」

「就是從你賺得的錢裡面拿出一些交給國家，讓國家從事各項建設。」

「你們對森林的計畫是怎樣？」夏雨問。

「我們不需要回答這個問題，因為這是國家的政策。」林同盯著夏雨看了好一會兒，問：「你不是卡嘟里族人吧？」

「我……」夏雨開口準備說話，卻被優瑪打斷。

「他是卡嘟里族人。」

「他的膚色和長相不像卡嘟里族人。」

「他毫無疑問是卡嘟里族人。」優瑪肯定的說。

「我是，我當然是卡嘟里族人。」夏雨望著優瑪語氣堅定的說。

「還有很重要的一點，你們的孩子也可以上學。」林同嚥了一口口水，不再理會夏雨究竟是什麼人。

「我們孩子的教育從他出生那一天就開始了，家庭會教他識字，部落會教他文化，森林會教他尊重。」沙書優說：「我們的孩子不用上學。」

林同很無奈的說：「你們要融入社會，孩子就必須上學。」

「你們確定卡嘟里部落和國家所簽訂的『自治協議書』上的自治時間是四百年嗎？『自治協議書』理當有兩份，一份在我們這兒，另一份在你們那兒，我想看你們那份協議書。」沙書優說。

林同嘴角露出一絲笑意：「我們當然有那份協議書。」他從背包裡拿出一個紙袋，小心翼翼的從紙袋裡取出一份用白布包裹的東西，他攤開白布，取出一張用樹皮雕刻的文件。

林同站起身，拿著樹皮協議書來到沙書優身旁小心翼翼的遞給他，說：「就是這張協議書，你們的協議書如果還在，應該也長這個樣子。」

沙書優仔細的看著協議書，皺起雙眉，抿緊嘴脣，眼睛一直盯著協議書上達卡倫的簽名。所有的人都看著他，會議室的氣氛突然變得緊張起來。

林同嚥了一口口水，表情嚴肅的問了一句：「怎麼？這份協議書有什麼問題嗎？」

沙書優放下協議書，語調嚴肅的說：「這協議書是假的。」

會議室裡響起一陣驚呼聲。

嘩！協議書是假的！

林同憤怒的拍桌站起身說：「你憑什麼說這份協議書是假的？」

「第一，這樹皮明顯是新的，大概是三年多前取下來的，如果是四百年前的樹皮，質地會更脆，況且我們不可能在樹皮上記錄這麼重要的約定。真正的協議書並不是刻在樹皮上，而是兩張鹿皮，文字則是烙印的。第二，達卡倫的簽名是偽造的。就憑這兩點，我無法接受這份協議書上所載明的自治期限是四百年。」沙書優堅定的語調中透露著不可違抗的權威。

「你說我們的協議書是假的，那麼請你們拿出真正的協議書，讓我們看一看。」林同用銳利的眼神盯著沙書優，等著他回答。

沙書優沉默了下來，他咬著牙，無言以對。

「你們遺失了自己那份協議書，又來質疑我們的協議書，這不是擺明了想毀約嗎？」林同說：「你根據什麼說這樹皮只有三年歷史？又憑什麼說這不是達卡倫的簽名？」

「我這樣說是有根據的。這樹皮大家都可以看一看、摸一摸、聞一聞，氣味很新，樹皮還有水分，四百年的樹皮不可能還有水分。」沙書優將樹皮傳下去，每個人都拿起來摸一摸、聞一聞。

沙書優拿出一本達卡倫寫的頭目日記：「這是我們第一任頭目達卡倫所寫的日記，每一個字都是達卡倫親筆寫下的，上頭也有他的簽名。」沙書優攤開日記本給大家看。

林同面色凝重，呈現在眼前的證據讓他很難辯駁，他今天來的目的就是要達成任務，沒想到事情會變成這麼不順利。

「你要怎麼證明這協議書上不是達卡倫的筆跡？我怎麼曉得這本頭目日記不是偽造的？關於那張樹皮，國家有很先進的保存方法，所以這張樹皮至今看起來就像剛剛從樹上剝下來的一樣，這一點也不稀奇。」林同辯駁著。

「這日記上的簽名足以證明……」沙書優急切的想說明這些都是不容置疑的鐵證，卻硬生生被林同給打斷。

「我非常明白卡嘟里族人為了保留這片美麗的家園所做的努力，但是，自治時間已經到期是無法改變的事實，希望你們不要再強詞奪理，國家給你們的照顧是非常優渥的。」

「你的意思是，你們完全不理會我們提出來的證據和質疑，硬要強迫我們遷離卡嘟里部落？」沙書優冷冷的說，話語鋒利得像刀刃。

「還有第二方案。如果你們不願意遷離，國家可以同意你們繼續住在卡嘟里部落，但是你們必須同意將生活變成觀光的一部分。」

「你的意思是說，我們吃飯、種菜、跳舞、唱歌都會有觀光客站在一旁觀看嗎？」沙書優問。

「簡單來說，是這樣沒錯。生活是一種文化，文化也是一種景觀。」

「我們從此以後沒有了自由？」帕克里說。

「你們當然有在森林自由活動的自由，但是，森林已經不屬於你們，你們不能盜取森林的一草一木。」林同說。

「盜取？你怎麼可以說盜取？卡嘟里族人在這片森林生活了四百年，我們和這片森林血脈相連。」阿莫憤怒的叫了起來。

族人內心的憤怒像豪雨過後奔騰的溪水，氣勢磅礡的狂奔而出。

「離開森林，那我們靠什麼生活？」

「你們了解這片森林需要什麼嗎？」

「隨便拿一張偽造的協議書就想把我們趕走嗎？頭目已經證實那張樹皮協議書是假的，想要讓我們服氣，請用真實的證據說服我們，否則我們是不會信服的。」

「這是一個不公平的會議。」

有人用力的拍打桌子，大聲的說：「把他們趕走！」

七名國家警察眼看現場情況就快要失控，立即掏出手槍，一一瞄準憤怒的卡嘟里族人。

沙書優和林同同時站起身。

「不可輕舉妄動。」林同大聲叱喝。

會議室的氣氛緊張得像即將沸騰的滾水。

沙書優舉起雙手，示意族人冷靜。

族人們臉色全都漲得通紅，非常生氣。

等大家都冷靜下來之後，沙書優問：「有第三方案嗎？」

林同遲疑了好幾秒鐘後，搖搖頭說：「沒有了。」

「不管你們選擇哪一個方案，國家會以你們的利益為優先，做最好的安排。」葉南說。

「你們這些騙子，嘴上說以我們的利益考量，事實上就是要逼迫我們離開這裡。」雅格的聲音大得連部落小徑上行走的人都聽得見。

「我可以理解你們的情緒，要你們接受這個事實的確不容易，我們不會跟你們計較這些。但是，你們接受或不接受都得做出選擇，這關係到你們以後的幸福。」林同故作冷靜的說。

在場的每一個卡嘟里族人都感到憤怒，這麼重要的事，竟然要他們在短短幾分鐘之內就做出選擇。不管選擇哪一個方案，都會將卡嘟里族人推向痛苦的深淵。

17 以前奶奶的圍裙

會議室裡一片死寂。

卡嘟里族人個個面色沉重，從國家來的三十幾個人則面無表情的等待著。

穿著圍裙的以前奶奶端著茶水進入會議室，被冷寂的氣氛嚇一跳，會議室裡的人也被突然出現的以前奶奶嚇一跳。

以前奶奶停下腳步，無法理解的看了每個人一眼，接著她笑著說：「呵呵，以前的男人都不會在頭髮上塗顏料，因為那樣看起來很像南瓜。呵呵，以前只有女人才塗指甲的，男人的手要狩獵，指甲有顏色會嚇壞野獸的。呵呵，真滑稽呀！呵呵。」

以前奶奶邊說邊將托盤上的杯子一一放在桌子上：「以前從來沒有發生過這樣的事，這麼安靜，沒有人講話。這些人是什麼人哪！怎麼以前都沒見過呢？唉，天空灰灰的，看來就要變天囉。」

以前奶奶將一杯水放在沙書優面前，說：「你昨天說過要幫我修廚房的爐灶，沒修好哇，今天不能煮晚飯了。」

「姨媽，那是三年前的事，不是昨天，爐灶可以煮晚飯，沒問題的。」沙書優笑著說。

「是嗎？已經修好啦！這麼快。」以前奶奶說。

「姨媽，倒茶這件事不需要你做的，你先去休息。」沙書優說。

「以前都是我做的，只要會議室有人，我就喜歡端茶過來，客人怎麼可以沒茶喝呢？」以前奶奶一開始說話就停不了：「這茶呀！是山上野生的茶，曬乾後放在鍋子裡炒……」

林同不耐煩的打斷以前奶奶的話：「我們沒有時間聽這個老太婆說茶，我們想知道你們的選擇。」

「以前奶奶是我們尊敬的長輩，任何時候她都有權利表達意見。」優瑪說：「姨婆，你繼續說，茶曬乾後放在鍋子裡炒，然後呢？」

「然後？」以前奶奶皺起眉頭，好不懊惱的說：「哎呀！忘記囉！」

以前奶奶從胸前的口袋裡拿出一小撮茶葉給大家看：「就是這個茶葉，以前是我的父親教我如何曬茶、炒茶的。」

「你們這是在做什麼？這是正式的會議，你們卻這麼輕率隨便，一個老太婆也可以隨便進出。你們太不尊重我們了。」林同不耐煩的提高音量說。

以前奶奶走到林同身旁，從口袋裡抓出一把茶葉，細聲細氣的說：「你聞聞，很香喔！」

一心只想完成任務的林同，對緩慢的進度愈來愈不耐煩，以前奶奶的逼近令他瀕臨潰堤的情緒終於爆發了。他大力撥開以前奶奶的手，以前奶奶身體失去平衡，一個踉蹌，往後摔倒。林同見狀驚慌之餘，伸手想抓住以前奶奶卻只抓到她圍裙上的口袋，鹿皮做的口袋「刷」的一聲被扯下來。大樹一個箭步衝到以前奶奶身邊接住她，再一把扯下林同握在手上的鹿皮。

大樹揮舞著鹿皮，指責林同：「你竟然這樣對待一個老人家……」

「我只是……只是想請不相干的人出去……」林同語無倫次的解釋。

族人們聚集在以前奶奶四周，國家警察也擠到林同身旁，兩方人馬彼此叫囂對陣，對戰的氣氛一觸即發。

「大家安靜！安靜！」沙書優用充滿權威的嗓音吼著。所有的人安靜下來。

沙書優走到以前奶奶面前，扶著她的肩膀關心：「姨媽，有沒有摔傷？」

以前奶奶緊張的摸著胸口：「我的口袋，我的口袋呢？」

「在這裡。」大樹將手上的鹿皮塞進以前奶奶手裡。

以前奶奶接過鹿皮，放心的笑了：「沒事，我再縫回去就好了。」

沙書優看到那塊鹿皮，愣了一下，神情略顯激動的問：「這塊鹿皮你在哪裡找到的？」

「以前縫的，在哪兒找到的？忘記囉！」以前奶奶說：「我一針一線縫的，縫個口袋好裝東西。」

沙書優將鹿皮拿在手上搓揉著，他將鹿皮翻面，整個人激動起來，他看到了這幾天以來他一直在找的東西。

鹿皮上有烙印過後再漆成紅色的字。

沙書優將鹿皮高舉，大聲的說：「這才是真正的『自治協議書』。」

會議室裡一片譁然！

「事實上，遺失『自治協議書』的人，是你們。」沙書優看著林同。

林同接過鹿皮協議書，翻過來翻過去，看了又看，臉色變得愈來愈難看。

自治協議書

國家最高機關總統府與卡嘟里部落達成協議，將卡嘟里森林交給卡嘟里部落自行管治，卡嘟里部落將負責維持森林動植物的自然生態平衡，防堵外人盜伐珍貴樹木。

卡嘟里族人有權保持自己的文化傳統，自由在卡嘟里森林生活，狩獵耕種。卡嘟里族人不需對國家納稅。如有重大事件發生，可以商請國家警察出面協助。

本自治協議書之效期為永久。

立契約書人
國家總統府　第三任總統：華書禮
卡嘟里部落　第一代頭目：達卡倫

會議室裡的卡嘟里族人因為這張鹿皮的出現，全都鬆了一口氣。

以前奶奶見大家笑了，也跟著笑了：「原來你們喜歡我的口袋呀！呵呵。但是我只有這一塊呢！」

緊張氣氛消除了，笑容回到族人們的臉上，有人甚至激動的流下眼淚。不用離開卡嘟里森林了，不用成為觀光景點裡的木偶了，不用離開有祖靈護佑的卡嘟里部落了。

林同放下鹿皮協議書，頹喪的坐回椅子，他用手撐住額頭，語氣顯得相當沮喪：「我以為一切都會很順利，沒想到……」

一個國家警察走到林同身邊，在他耳朵邊說了一些悄悄話。其他警察見狀，態度立即戒備起來，並用手握住槍枝。

大樹、阿通、瓦拉以及其他族人見狀也都站了起來，氣氛一下子又緊張得讓人透不過氣。

「暴力掩蓋不了真相，相信部長了解這一點才是。」夏雨對林同說：「也許卡嘟里部落的人不了解國家的運作，事實上，任何人都可以走進國家圖書館，查閱到與這份協議書相關的文件，到時候國家將因為你們而背負背信的不義之名。」

林同朝著持槍的國家警察揮揮手，示意他們不要輕舉妄動。

「事情就到這裡為止吧！我們不追究你們一切不合法的行為。卡嘟里部落是一個和平友善的族群，我們只想在這片森林安靜的生活。」沙書優說。

「這片森林是屬於卡嘟里部落的，你們讓卡嘟里森林美麗了四百年，就讓它繼續美麗下去吧！」林同語重心長的說。

他收拾桌上那張樹皮合約，將它折成兩半，扔回桌上：「我們自以為聰明，騙得過自己，卻騙不過對森林瞭如指掌的卡嘟里族人。」說完便率領著其他人，頭也不回的走出會議室。

優瑪、沙書優與其他族人目送這群來自國家的人離開，一直到他們消失得無影無蹤，卡嘟里族人才真正的放下心來。

「他們應該不會再來了吧！」阿通說。

「沒理由再來了。」瓦拉說。

「他們的頭髮……就算剃光頭……也無法改變髮根的顏色吧！」阿莫說。

「就當作彩姑姑送給他們的離別禮物好了。」多米說。

「天哪，我現在好累！從來沒有這麼緊張、這麼憤怒、這麼擔憂過。」阿通說：「我得睡一場大覺才行。」

「以前的人不喜歡頭髮變成綠色的。」以前奶奶突然冒出這句話，所有的人都轉頭看著她。

「姨婆，你是怎麼找到那張鹿皮的？」優瑪問。

「我不記得囉！這麼久的事情。」

「不久前我才見你在縫口袋呢！」多米說。

「好久了，不記得了。」以前奶奶努力的想著：「在米缸裡，不對，好像在田裡挖到的……哎呀！不是不是，在哪兒呢？我忘記囉！以前都不會這樣的……」

「沒關係，姨婆，等你想到再告訴我們好了。」優瑪安撫著一臉懊惱的以前奶奶。

卡嘟里部落經歷了一場擦身而過的災難，每個人看起來都累壞了。

他們心有餘悸，不時的要再彼此確認，卡嘟里森林還屬不屬於卡嘟里部落？他們差一點點就變成觀光客眼中的木偶；差一點點就失去森林，變成為金錢奔走的奴隸；他們世世代代生活了四百年的卡嘟里部落，差一點點就要在這片森林裡上永遠消失了。

清晨，晶瑩的露珠還掛在葉梢的時刻，優瑪和沙書優散步到岩石山天神的禮物平台，坐在平台上看著在濃霧中若隱若現的卡嘟里部落。

「卡嘟里部落從來沒有讓我失望過。」優瑪說。

「如果你走入它的心中，你自然就會明白，它值得你完全的信任。」沙書優說。

「我在它的外圍徘徊了好久。」

「很高興你終於願意走進來和我站在一起。」

「你是不是故意失蹤，好逼迫我走進來？」

沙書優呵呵大笑起來：「你憑哪一條線索這麼認為？」

「第一，你不斷留下太陽圖案，暗示你仍然活著；第二，你多次在部落附近留下圖案，離家這麼近卻不回家。」

「我留下太陽圖案，難道不能說是一種根深柢固的習慣嗎？」

「就算你變成野人，也沒忘記這個習慣。」

「這一年多的日子我經歷很多，也錯過很多。我錯過了女兒的成長，這感覺好神奇！好像你昨天才埋下一顆種子，今天早上醒來，種子卻已經長成樹，有樹蔭供人乘涼了。」

「我才沒有那麼神奇呢，頂多像一株被施了過多肥料的樹苗，被迫長大。我還沒參加成年禮，還是個孩子。」

「是啊，我的優瑪就要參加成年禮了，我很期待你會從森林裡帶回來哪五樣禮物。」

「一定是森林裡最棒的東西。」

18 成年禮

四支小隊，十六個十二歲的部落少年，沿著四條不同的路線朝卡嘟里山頂出發了。

他們拿著夏雨繪製的地圖，靠自己辨識方向，尋找出正確的登頂路徑。到了夜晚，他們得自己紮營生火。每個人的背包裡都配置了五天的食物，食物吃光了就得自行尋找野菜和野果果腹，有必要的話甚至得狩獵。

每支小隊都有三個大人在暗地保護，他們或者現身，或只是躲在暗處，以防孩子迷路或被野獸攻擊。除非必要，暗地保護的大人不能伸出援手，剝奪他們學習克服困難的機會。

成年禮要花上十天的時間，如果沒有意外，隊伍應當在第五天中午抵達山頂，第十天回到部落，送出五件禮物。

優瑪、吉奧、瓦歷、多米編在同一小隊。

今天是第三天晚上，他們在天黑之前就搭起了帳棚。野外宿營對他們而言是駕輕就熟的事。地上擺著幾顆獼猴桃。四個人正削著弓箭。

「待會兒去獵幾隻飛鼠，晚餐就沒問題了。」吉奧說。

「是啊，五天的食物得省著點吃，再搭配森林裡採集來的食物，這樣才不會餓到發昏下不了山。」優瑪說。

四個人拿著火把進入森林。

「將火把往上照，注意看樹上有沒有發亮的眼睛。」吉奧說：「飛鼠見到亮光會嚇得愣住。」

「這些飛鼠被逮走這麼多隻，一定有幾隻幸運逃走。逃走的飛鼠應該告訴同伴，見到亮光的時候，千萬不要傻乎乎的盯著看，要立即甩頭離開，這樣才不會輕易就被人類抓走。」瓦歷說。

「如果飛鼠擁有人類的智慧，就不叫飛鼠了。」多米說。

兩個小時，四個人抓到三隻飛鼠。

他們升起營火，取暖，烤著飛鼠肉。

吉奧將剝下來的飛鼠皮掛在樹上晾乾，這是他準備帶回家的禮物之一。

「我已經想好名字了，飛翔的翅膀。」吉奧滿意的說著。

優瑪用小雕刻刀修整一根造型像極了菸斗的竹子，她正設法打通竹節。

「昨天半夜我突然驚醒，一時想不透自己為什麼會在森林裡。還以為自己已經被趕出卡嘟里森林，覺得好傷心。後來看見你們，我才逐漸清醒，原來我們正在參加成年禮。」瓦歷說。

「真好，卡嘟里部落還在。真好，我們還在一起。」多米用吟詩般的口氣感慨的說著。

「回想這一年多的日子，我們經歷太多的事，感覺就像作了好幾場有驚無險的惡夢一樣。」吉奧說。

「我們算是提早完成屬於我們自己的成年禮。」優瑪邊說邊將竹子拿到眼前細細檢查。

「我們從太陽升起就一直走一直走，直到太陽落下，這算不了什麼，但是，我覺得那五樣禮物就難了。」多米說：「已經第三天了，我連一件禮物都沒找到。」

「這五樣禮物代表你對森林的態度、感覺和愛，也代表森林對你大方的餽贈。」優瑪說。

「你手上那根菸斗，是禮物之一嗎？」瓦歷問。

「今天才第三天呢，誰知道明天我會遇到什麼。」優瑪笑著說。

叢林的深夜一點也不寧靜，角鴞的咕咕聲、蟲鳴、營火的嗶嗶剝剝聲，但這些對他們一點影響也沒有，四人疲倦的進入深沉的睡眠，優瑪和吉奧完全將上半夜的守夜職責拋給漆黑的夜。

清晨，天還沒亮，鳥兒已經醒了，在樹上跳來跳去的做著晨操，嘰嘰喳喳的練著嗓子。

優瑪首先被大自然的晨樂吵醒，她鑽出帳棚，立即嚇得往後退了兩步，整個人失去重心跌到帳棚上，壓住還睡在帳棚裡的吉奧、瓦歷和多米，三個人哇哇大叫著爬出帳棚。他們一爬出來，看見眼前的龐然大物，嚇得連抱怨也說不出來了。

一隻大黑熊就站在距離帳棚只有六、七步遠的地方，四人背包裡的物品散了一地，食物被搜刮一空，黑熊的嘴裡咬著昨晚他們吃剩的烤飛鼠肉。

四個人和黑熊對峙了約三十秒鐘，之後優瑪輕聲的說：「我們現在不要慌張，不要顯露害怕，慢慢的轉身，若無其事的當牠不存在般的離開這裡，千萬不要奔跑。」

四個人慢慢的轉身，背著黑熊緩緩走著。他們聽見背後傳來樹枝及枯葉被踩碎的聲音。

「大黑熊走了。」多米小聲的說。

吉奧悄悄的回頭看了一眼，剛好看見黑熊離開的背影。

「呼，黑熊真的走了。」吉奧說。

幾個人鬆了一大口氣，疲軟的坐在地上。

「差一點就變成黑熊的早餐。」多米說。

「希望黑熊能留一些早餐給我們。」瓦歷說。

幾個人回到帳棚，發現熊把所有的食物都帶走了，包括他們的背包。

「我們的悲慘歲月從今天開始。」多米沮喪的說。

「我們還有頂帳棚，不算太壞，下雨天的夜晚還可以睡個好覺。」瓦歷動手收拾帳棚。

「接下來的日子難不倒我們，森林會供給我們需要的所有東西。」吉奧樂觀的說。

「聽到沒有？有溪流聲，我們去抓些魚或螃蟹當早餐吧！」優瑪提高音量說：「吉奧說得對，難不倒我們的。」

接下來的幾天，優瑪、吉奧、瓦歷和多米雖然沒辦法吃飽，但是也不至於挨餓，他們飲露水、吃果子、狩獵，沿途優瑪和多米採集野花各編了一個花環，吉奧和瓦歷則捕獵到一隻山羌，他們準備將獵物帶上山頂，遙祭祖靈。

第五天的中午過後，優瑪和其他三支隊伍陸續抵達了卡嘟里山頂。沙書優、帕克里以及其他族人早等在那裡，迎接這群完成初步任務的少年。

入冬的卡嘟里森林，寒風如刀刃切割著裸露在外的皮膚，但這群少年個個汗流浹背，體態疲倦卻神情亢奮。

沙書優面對群山，恭敬的舉杯。

敬愛的祖靈們，這是一個很重要的時刻，我們的一群少年長大了，我把他們帶到你們的面前來了。他們一路展現無畏的精神，披荊斬棘，學習如何在森林裡生活，學會克服內心的恐懼，以及面對困境的勇氣。他們完成了這項挑戰，成為真正的勇士。此刻，女孩將為你們舞蹈，少年將獻出他們的戰利品。祖靈們，請與我們共同歡樂慶祝吧！

沙書優將酒灑向空中。

少年們在山頂的岩石上寫下自己的名字後，開始對著群山唱歌跳舞。

優瑪編的花環太大，別人的花環是戴在頭上，她的花環則掛在脖子上，舞才跳過兩圈，花環上的花掉得只剩下藤蔓，優瑪渾然不覺，仍然快樂的跳著舞。

下山途中，優瑪身上帶著五樣來自森林的禮物，她已經分別為它們取好了名字。

輕煙漫舞：一枝竹製的菸斗。

老樹的扶持：一根造型似枴杖的樹根。

胖酷伊的祕密：一小塊有個樹洞的檜木。

成長的印記：在山頂上寫下自己名字的石頭。

這四樣禮物，她準備送給沙書優、以前奶奶、胖酷伊，以及從未見過面的媽媽。她要把那塊石頭放在媽媽的墓前，讓她知道小優瑪已經長大了。

最後一樣禮物是詩的碟子。

那是一塊剝落的樹皮，她在樹皮上寫了一首詩，要送給等在部落裡迎接他們，為他們準備一場盛大歡迎會的卡嘟里族人。

巨木環繞的卡嘟里森林呀！
你有著千年檜木般的堅強意志，
崩落的岩石壓不倒，
密不透風的漏斗地洞關不住，
邪惡的大尾巴怪獸摧毀不了，

擁有巨大權利的國家奪不走。
我們美麗的家鄉，
已在翠綠的卡嘟里森林屹立了四百年，
今天、明天、將來、世世代代，
我們美麗的小米田將繼續迎接燦爛的陽光，
卡里卡里樹將繼續在冬天傳遞幸福，
永永遠遠。

經過岩石山時，優瑪的眼角餘光彷彿見到右側的樹林裡有個小影子閃動了一下。轉頭去看的時候，她看到了，看到一隻許願精靈躲在樹幹後面，露出兩隻眼睛看著她。

優瑪和那雙帶著笑意的眼睛四目相接時，她知道那是胖酷伊，胖酷伊不會在這麼重要的日子忘記她的。胖酷伊真的來了，優瑪讀到他眼神裡帶著的祝福。

優瑪此刻的心既寧靜又喜悅。她有個兄弟和她一起住在卡嘟里森林裡，雖然無法再朝夕相處，交換生活的喜怒哀樂，但他會在她需要的時候出現，這已經讓她心滿意足了。

一道金黃色的光束似乎是刻意的從下山的族人眼前「咻」的一聲閃過，大家只感覺到一道閃光在眼前閃了一下。

「這種天氣怎麼會有閃電？」雅格疑惑的說。

優瑪、吉奧、瓦歷和多米欣喜的交換眼神，他們知道那並不是閃電，而是朋友。

「你們也看到了嗎？」優瑪問。

「看到了，就在那邊樹林。」吉奧說。

「很高興他來了。」瓦歷說。

「我看見他在微笑。」多米說。

四個人帶著微笑，滿心喜悅的下山，部落裡有一場盛大的歡迎會正等著他們呢！

來自森林的禮物

你還記得優瑪幫它們取了什麼名字嗎？

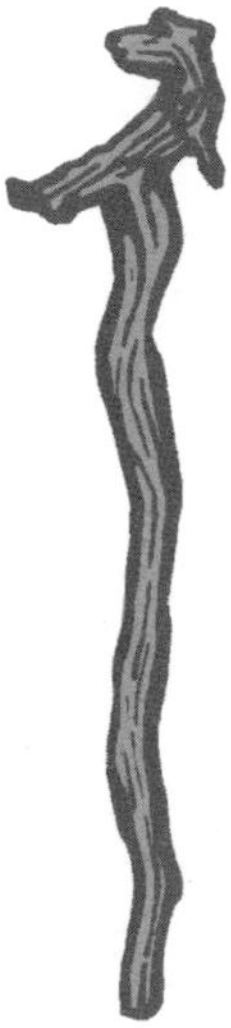

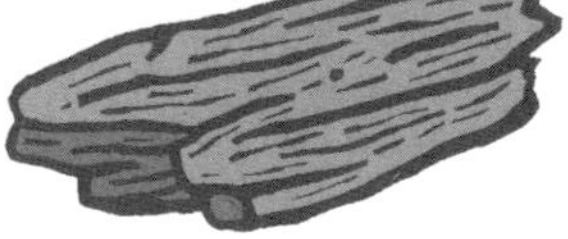

XOXO

創意閱讀
寫作術

小頭目訓練❺ 森林裡的尋寶大冒險

THIS IS IT ?

!?

本單元摘自《糟糕，我扮鬼臉了》，作者／張友漁，出版／親子天下

右圖是某一隻蟲子給你的線索，其中只有一片葉子的路線圖是真的藏寶圖，另外兩片是來搞破壞、混淆視聽的。因為寶藏不是這麼輕易就能得到的。一定會有壞蛋在真正的藏寶圖旁邊，弄出兩張假的來折磨你，而壞蛋就一邊奸笑一邊往真正的藏寶路線去尋寶了。

為什麼壞蛋不直接把葉子咬斷丟棄就好，還大費周章找來另外兩隻蟲子咬出假的路線圖？這就是故事，故事裡的壞蛋都有一點點笨；故事就是要讓主人翁諸事不順、走很多冤枉路，非得克服重重難關之後才終於完成任務。或許另外兩片藏寶圖不是壞蛋的傑作，而是主人翁的家人為了磨練他，讓他擁有克服困難的勇氣與毅力而做的安排……

這隻紅紋鳳蝶的幼蟲一早起來就開始工作了，牠接受了誰的委託？準備咬出什麼樣的訊息？跟這張藏寶圖又有什麼關係？牠能幫助主人翁找到正確的寶藏嗎？或者牠其實是壞蛋的間諜？

每一隻蟲吃東西的習慣都不相同，你以為他們隨便亂吃一頓之後就走了嗎？才不是。如果有一天你可以和蟲互換身分，你就會明白，每一種留下來的圖案都是一個家族的精神，就像你的姓氏一樣。

小頭目的任務

1 想想看，這片葉子上的藏寶圖要找的寶藏是什麼？尋寶的主角又是誰？

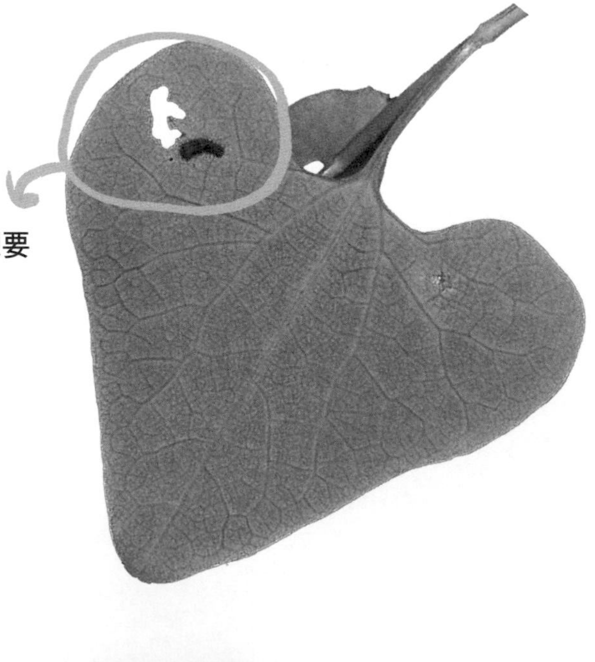

2 這隻紅紋鳳蝶想要留下的訊息又是什麼？

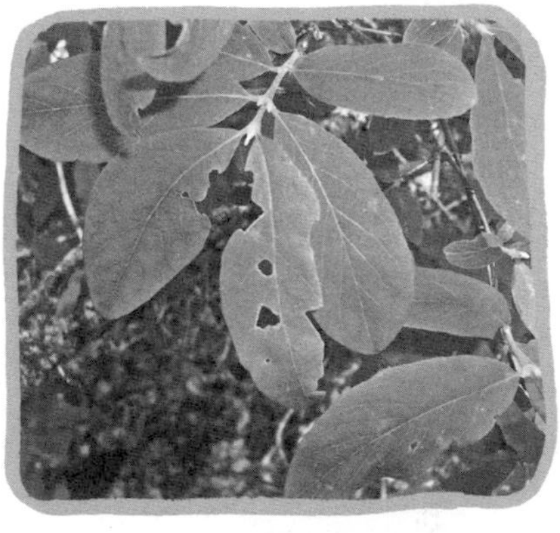

3 這些不同的葉子上，蟲子所留下來的咬痕，想要說什麼？

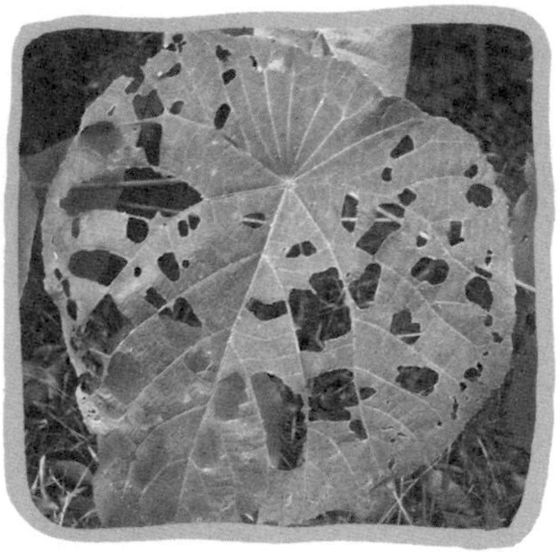

4 猜猜看，這到底是一場什麼樣的森林尋寶陰謀呢？

小頭目優瑪5
野人傳奇

作　者｜張友漁
繪　者｜達姆

責任編輯｜張文婷
特約編輯｜游嘉惠、劉握瑜
美術設計｜唐唐
行銷企劃｜葉怡伶

發行人｜殷允芃
創辦人兼執行長｜何琦瑜
副總經理｜林彥傑
總監｜林欣靜
版權專員｜何晨瑋、黃微真

出版者｜親子天下股份有限公司
地址｜台北市 104 建國北路一段 96 號 4 樓
電話｜（02）2509-2800　傳真｜（02）2509-2462
網址｜ www.parenting.com.tw
讀者服務專線｜（02）2662-0332　週一～週五：09:00~17:30
讀者服務傳真｜（02）2662-6048
客服信箱｜ bill@cw.com.tw
法律顧問｜台英國際商務法律事務所・羅明通律師
製版印刷｜中原造像股份有限公司
總經銷｜大和圖書有限公司　電話：(02) 8990-2588

出版日期｜ 2015 年 6 月第一版第一次印行
2021 年 1 月第一版第四次印行
定　價｜ 280 元
書　號｜ BKKCK005P
ISBN ｜ 978-986-91881-5-9（平裝）

訂購服務
親子天下 Shopping ｜ shopping.parenting.com.tw
海外・大量訂購｜ parenting@cw.com.tw
書香花園｜台北市建國北路二段 6 巷 11 號　電話（02）2506-1635
劃撥帳號｜ 50331356 親子天下股份有限公司

立即購買 >
親子天下 Education · Parenting Family Lifestyle
親子天下 Shopping
親子天下 有聲故事書

國家圖書館出版品預行編目資料

小頭目優瑪5：野人傳奇／張友漁 文；達姆 圖；--
第一版, -- 臺北市：親子天下, 2015.06
224面；17X22公分. --（少年天下系列；68）
ISBN 978-986-91881-5-9（平裝）
859.6　104008623

卡嘟里